novum pro

Andrea Rosemarie Arnold

Gewinne.

Zukunftstagebuch
über ethische Gewinne.
Mitmachbuch für Dich.
Überschriften-
und Eigenideenbuch.

novum pro

Bibliografische Information
der Deutschen Nationalbibliothek:

Die Deutsche Nationalbibliothek
verzeichnet diese Publikation in
der Deutschen Nationalbibliografie.
Detaillierte bibliografische Daten
sind im Internet über
http://www.d-nb.de abrufbar.

ISBN 978-3-95840-786-2
Lektorat: Isabella Busch
Umschlagfotos: Lenapix, Chernetskaya,
Lukas Jonaitis | Dreamstime.com
Umschlaggestaltung, Layout & Satz:
novum Verlag
Innenabbildung: Andrea Arnold

Gedruckt in der Europäischen Union
auf umweltfreundlichem, chlor- und
säurefrei gebleichtem Papier.

www.novumverlag.com

Hallo und Grüß Gott meine liebe Leserin, mein lieber Leser. Schön, dass du dieses Buch in der Hand hältst! Ich freue mich über dein Interesse und danke dir dafür.

Gleich zu Beginn denke ich über das Cover dieses Buches nach. Hier mache ich mir Gedanken zum Cover, also der Verpackung dieses Buches. Denn das Cover soll schließlich schon ein wenig vom Inhalt widerspiegeln. Oder den Inhalt im Groben ausdrücken.

Das Cover ist im Querformat. In der Mitte ist eine weiße Wolke. Der Hintergrund ist hellblau. Das Wort Gewinne ist in Schreibschrift. Darauf sind Rosenblüten angeordnet und Rosenblätter. Blüte an Blüte mit Grün. In apricot-rosa; apricot-hellroten Farben; in gelb; hellrot; einfarbig rosa; pink; Pink-lila; aber welche in orangegelb; ein- und zweifarbig … (Auf dem i ist eine liegende Acht in goldener Schrift.)

Zukunftstagebuchroman über ethische Gewinne. Mitmachbuch für dich. Überschriften- und Eigenideenbuch. (Blau)

Über mich

Ich schrieb unter dem Namen Marie Likisch Bücher und jetzt schreibe ich unter meinem richtigen Namen. Es ist mein 8. Buch. In meinem 4. Buch befindet sich auf dem Cover eine liegende 8. Die liegende 8 symbolisiert das Unendlichkeitszeichen zwischen Himmel und Erde. Und darin stehe ich. Oder du. Oder jeder andere Mensch. Und nun steht dieses Zeichen auf dem Wort Gewinne. Eigentlich wollte ich ja nur sieben Bücher schreiben. Doch dann entschied ich mich anders. Auf dem Cover ist eine weiße Wolke. Wasser definierte ich in einem meiner Bücher als das Göttliche. Hier ist eine weiße Wolke am Himmel zu sehen. Und das Wort Gewinne ist in Schreibschrift. Es ist ein Ganzes und flüssig geschrieben. Es ist mit bunten Rosenblüten und Blättern verziert. Angeordnet wie ein Blütenkranz. Und das Cover von diesem Mitmachtagebuch ist im Querformat. Es ist ein Mitmachbuch mit eigenen Ideen und Überschriften, die du umsetzen kannst. Und es gibt auch leere Seiten, die du selbst füllen und gestalten kannst.

Damit starte ich dieses Buch. Heute ist der 18.03.2018. Hier ist wieder Sahra die Hauptperson. Sahra lebt als Schriftstellerin in Nürnberg; sie ist Mutter von 10-jährigen zweieiigen Zwillingen und einer 18-jährigen Tochter. Sie erzählt.

Ich finde, dass ich mit den zwei anderen autobiografischen Büchern genug aus meinem tatsächlichen Leben erzählt habe. In den anderen Büchern ließ ich auch Sahra sprechen. Es soll nun eine Art Tagebuch sein über meine Gedanken und meine Welt. Ich werde das erzählen, was für mein Thema wichtig ist. Einen Tagebuchroman schrieb ich bisher nicht. Ich führte in meinem Leben auch nur zeitweise ein Tagebuch. Und zur Zeit führe ich gar keines. Die einzige schriftliche Fixierung meines Lebens ist mein Jahreskalender. Auf einer Seite stehen die Wochentage und darin stehen meine ganzen Termine. Und die Termine für meine Kinder, bei denen ich dabei bin. Der Kalender symbolisiert Gegenwart, Zukunft und Vergangenheit von mir. Eigentlich ist er ja als Zukunftsjahresplan gedacht. Wie bei allen Menschen weicht die Realität und Gegenwart von der Zukunft ab. Die Abweichungen trage ich auch immer nach. In dem Roman werde ich einen Gedankensprung vornehmen. Der zeitliche Rahmen ist dann fiktiv. Und ich lasse Platz in diesem Buch für eigene Gedanken, die dann hineingeschrieben werden können. So eine Art Schulheft soll es sein. Ich würde mich freuen, wenn du dir Gedanken machst und das auch umsetzt.

Noch mal zu mir: Ich arbeite mittlerweile als Verkäuferin in einem Kiosk und bin Single und drei meiner Kinder leben bei mir und drei Kinder leben beim Vater. Mein Papa lebt auch mit im Haus. Bisher ist der Buchverkauf schleppend, was mich jedoch nicht davon abhält, dieses kleine Büchlein, also einen Mitmachroman, zu schreiben. Auch für mich gilt: Hoffen. Ein Freund von mir riet mir, meinen Schreibstil zu verbessern. Mir zu überlegen, warum andere Bücher erfolgreich sind. Ob die Rahmenhandlung da netter ist und weshalb es die Leute interessiert. Ich überlegte natürlich, kam aber auf keinen grünen Zweig. Also schreibe ich so, wie ich es für richtig halte und auch kann. Anders zu schreiben ist für mich nicht so einfach. Ich muss gesellschaftlich schon jede Kröte schlucken und denke, in einem falschen Wirtschaftssystem zu leben. Dann will ich mich wenigstens in meinen Büchern nicht verbiegen und unterordnen. Auch auf die Gefahr hin, die Kosten der Bücher nicht reinzubringen und keinen Gewinn mit den Büchern zu erzielen. Diese Gewinne würde ich ohnehin größtenteils abgeben. Was ich noch schlimmer finde ist, dass meine Gedanken bisher kaum Anklang fanden. Natürlich habe ich Hoffnung, dass sie bei dir Anklang finden. Jetzt, wo du dieses Buch in der Hand hältst und liest, signalisierst du Interesse und Bereitschaft, dich mit diesem Buch auseinanderzusetzen. Ich hoffe, es kann dir wertvolle Gedanken und Anregungen bieten.

Und du kannst dich für dieses Thema interessieren. Und letztendlich ist es mein Anliegen, dass du selbst dieses Buch schreibst. Das werde ich dann noch mal wiederholen. Und mein Ansinnen ist es nicht, hier eine Art Schulbuch vorzulegen. Eine Art Lehrbuch über ein Thema, das wichtig ist und von allen Menschen beherrscht wird. Die Themen sollen auch von dir festgelegt werden. Du sollst über das schreiben, was dir wichtig ist im Leben oder was dir wichtig sein sollte. Schließlich schreiben wir ja selbst die Wirklichkeit und bestimmen mit unserem Glauben das Wissen und das Leben. Und mein Buch bietet Gedanken an. Du kannst sie aufnehmen. Oder auch nicht. Das ist eine Wechselwirkung. Denn es hat dann auch auf mich eine Wirkung. Jeder Kauf eines Produktes oder einer Dienstleistung ist eine Wechselwirkung. Und Anbieter und Interessent bestimmen, welche Art von Tauschgeschäfte zustandekommen. Der Einfluss von Monopolisten und Oligarchen ist im Moment enorm. Weil ja nur das gekauft werden kann. Viele Anbieter haben eine große Auswahl. Manchmal sind die Menschen eine ausbeutbare Konsumherde. Manchmal sind sie der ernst genommene Konsument oder die ernst gemeinte Konsumentin. Und manchmal konsumiere ich bisher unüberlegt. Und manchmal konsumiere ich bewusst. Ich möchte mit meinen Büchern auch Lösungen suchen, finden und anbieten. Keine Ahnung, ob mir das tatsächlich gelingt oder ob das nur ein frommes Wunschdenken von mir ist. Das Denken, sich Gedanken machen vom idealen Menschen und damit idealen Wirtschaften. Auch hier gilt: „Die Gedanken sind frei“.

Jetzt lasse ich eine Seite frei, für das Cover mit dem Titel „Gewinne“ und deinem Namen, dass du selber gestalten kannst.

Heute ist der 18. März eines beliebigen Jahres.

(hier ist alles frei denkbar; es soll ja selber gestaltet werden von dir.)

Die Zwillinge verbrachten den heutigen Tag mit Stefan. Sie fuhren Schlitten. Ich besuchte mit Michaela eine Stadtführung in Schwabach. Die Stadtführerin führte uns zu den Häusern und dem Rathaus und erzählte von den Heiratsbräuchen der vergangenen Jahrhunderte und davon, dass nahezu alle Männer regelmäßig Prostituierte besuchten. Michaela und ich stellten bei der Heimreise fest, dass es total unfair war, dass die Frauen bei der Hochzeit Jungfrau sein sollten und bei den Männern ihre Jungfräulichkeit nie geprüft wurde. Es wurde mit sehr viel Verständnis darauf reagiert, dass sie sich die „Hörner abstießen" und es war o. k., dass die „Körpersäfte" immer in Bewegung sein mussten. Michaela freute es, dass sie hörte, dass ich die „Emanzipation" vom Mann fordere und ich der Meinung bin, dass sich der Mann sexuell nicht mehr auf Kosten der Frauen ausleben soll. Ich nenne das „Triebreduktion". Das ist nur fair, weil die Frau sich im Laufe der Zeit in Deutschland auch emanzipiert hat. Weshalb sich die Frau die Unterdrückung durch die Männer so gefallen lassen hat, wissen wir nicht. Wir zwei sind der Meinung, dass nun ein Umbruch stattfindet. Und Frauen gleichberechtigt sind. Und am liebsten hätten wir, dass die Prostitution schon abgeschafft wäre. Außerdem verstanden wir nicht, wie die Frau eine Ware werden konnte und noch immer ist. Und wir sprachen darüber, dass nun die Idee vom „Blauen Goldpreis" in die Praxis umgesetzt werden soll. Der „Blaue Goldpreis" bezieht das „Selbst" in das Leben mit ein. Und damit soll ein menschenwürdiges Leben auf diesem Planeten erreicht werden. Und das möglichst schnell.

18. Fiktiver Monat. Fiktives Jahr.

Heute steht in der Zeitung, dass die Prostitution in Deutschland offiziell verboten ist. Michaela, Tante Frieda und ich stießen mit einem Glas Sekt darauf an. Ein wichtiger Tag in unserem Leben. Michaela erzählte von ihrer Ausbildung als MTA im Krankenhaus. Frieda erzählte, dass sie nun mit Heinz zusammengezogen ist. Einmal die Woche hilft sie nun im Zeitungsladen von Heinz seinem Neffen aus. Ein Mitarbeiter ist erkrankt und ihr macht es vorübergehend Spaß, als Rentnerin noch eine Beschäftigung zu haben. Sie findet die Schlagzeilen so spannend und den Umgang mit den verschiedensten Kunden den Tag über. Sie verkauft Zeitschriften, Süßigkeiten, Postkarten, Lose und Schreibsachen. Und weil vor wenigen Tagen ein Grundeinkommen eingeführt wurde, sind auch die Lotteriegewinne niedrig angesetzt worden. Es gibt keine Millionengewinne mehr. Zumal der Anreiz, Geldmonarch zu werden, komplett verschwunden ist. Und wir reden darüber, dass morgen eine ganz andere Schlagzeile in der Zeitung stehen wird. Im Radio und Fernsehen wurde schon dauernd darüber debattiert, wie ein „Blauer Goldpreis“ ausschauen könnte. Auch in der Schule setzten sich die Kinder damit auseinander. Natürlich auch mit anderen Wirtschaftsmodellen. Es könnte ja ein viel besseres geben. Und vielleicht wird es auf diesem Weg gefunden.

19. Fiktiver Monat. Fiktives Jahr.

Heute brachte Frieda die Zeitung mit und wir drei Frauen stießen wieder darauf an. Nämlich auf die Schlagzeile. Sie hieß:

„Wir sind das Wirtschaften und das Geld.“

„Veränderung der globalen BWL und Einführung des Blauen Goldpreises. Menschenrechte und ausgeglichene CO2-Bilanz ist wichtig.“

„Gewinne neu denken. Ethisch wirtschaften lernen. Wir sind in der Berechnung mit dabei. Auch der Globale Goldpreis ist eingeführt."

Andere Zeitschriften titelten:

„Gewinne. Eine andere Sicht auf das Leben. Anbruch in eine neues Zeitalter."

„Wir sind die Sieger. Die BWL hat sich neu erfunden. Aufbruch in ein anderes Denken."

„Ein neues Rechenschema wird global umgesetzt. Wir hoffen, dass es ein Siegeszug wird."

„Die BWL wagt einen Neubeginn. Purer Kapitalismus wird mit den Menschenrechten vermenschlicht. Ein neues Denkschema."

„Gewinnspannen neu rechnen."

Michaela sagt: „Wir wissen ja seit Monaten, dass die BWL um Modelle ringt, sich zu verbessern und den sturen Kapitalismus auszubremsen. Ein ethisches Wirtschaften möchte. Sich um Innovationen bemühte. Mit sich rang. Und nun ist es geschafft. Bei der Kalkulation von Verkaufspreisen wird der Gewinn neu berechnet. Die Gewinnspannenberechnung ist global vorgegeben und orientiert sich an den Menschenrechten. Bisher existierte folgende Berechnung, also Kalkulation: Selbstkostenpreis + Gewinn = Verkaufspreis. Das ist nun ganz vereinfacht ausgedrückt. Die Selbstkosten berechnen sich aus den Materialkosten und den Fertigungskosten und den Löhnen. Dann wird der Gewinn draufgeschlagen. Dieser ist der Einsatz für das Wagnis des Unternehmers. Manchmal wurde es in der Vergangenheit auch so berechnet, dass der Gewinn auch die Lohnkosten des Unternehmers waren. Aber im Grunde sollten die Lohnkosten des Unternehmers schon in der Selbstkostenrechnung enthalten sein. Und nun werden diese Gewinne neu berechnet. Es gibt eine Tabelle, in der mögliche Gewinnspannen angegeben werden. Und diese Gewinnspannen reichen von 100% bis -100%. Damit sind die Gewinne eines Unternehmers gedeckelt. Bei -100% geht das ganze Geschäft flöten. Das heißt, es kommt nicht zustande. Und wie hoch nun die Gewinnspanne ausfällt, richtet sich nach der Einhaltung der Menschenrechte." Michaela erklärte es uns ganz simpel: „Wichtig ist, dass Mensch und Umwelt gut behandelt werden. Und dass auch jeder Mensch ein Recht auf einen natürlichen Tod hat. Die Gleichbehandlung von allen Menschen ist Pflicht. Im Groben ausgedrückt werden Waffenverkauf, Prostitution und sonstige unethischen Geschäfte total untersagt. Ein Novum in der Geschichte. Es gibt ein Rechensystem, das gleich eine ethische Bewertung des Geschäftes vornimmt. Damit werden Geldgeschäfte sinnvoll. Unsinn fällt total weg. Alles was böse ist, wird unterbunden." Ich sagte: „Es gibt eine Checkliste, mit der alle Vorgänge der Herstellung gecheckt werden. Und diese ergeben dann die Gewinnspanne." Frieda meinte: „Anstrengend wird es schon werden, weil die Gewinne aufwendiger berechnet werden müssen. Aber es lohnt sich allemal für alle Menschen." Ich fügte hinzu: „Es gibt ja Tabellen, die helfen den Unternehmern. Das wird zu bewältigen sein. Die Menschen werden das schon schaffen." Michaela meint: „Es ist so simpel zu kapieren, dass es jede Verkäuferin kapiert." Daraufhin empörte sich Frieda: „Jetzt werde nicht frech! Oder ist das gar keine Anspielung auf meine neue Tätigkeit?" Michaela lachte und meinte: „Nein. Ich wollte dich nicht abwerten. Sorry. Ich finde jede Tätigkeit gleich wertvoll. Jeder nach seinen Begabungen und Fähigkeiten. Ich wollte damit nur sagen, dass es bei jedem Geschäft einsetzbar ist. Global. Es ist so einfach umsetzbar." Ich bin so happy über mein empathisches Kind, dass ich das gar nicht in Worte ausdrücken kann. Ich drückte meine Tochter. Und ich finde so toll, dass Geldverdienen als Anreiz bleibt. Weil mit Geld werden ab jetzt nur noch sinnvolle Dinge gemacht werden können. Orientiert an dem Göttlichen und allen Menschen. Dem Selbst. Als Christin würde ich es auch als neuen Geist, positiven Geist bezeichnen. Wir beenden diesen Tag, weil wir uns auf die Schlagzeile am nächsten Tag freuen.

19. Fiktiver Monat. Fiktives Jahr

Also, so viel Sekt haben wir in einer Woche noch nie getrunken. Schon wieder sind wir im Freudentaumel. Die Schlagzeile dieses Tages ist:

„Die Börse ist abgeschafft. Großunternehmen sind ab heute weltweit verstaatlicht."

Andere Zeitungsüberschriften lauten:

„Epochaler Wandel. Geschichte wird neu geschrieben. Ein jahrhundertealtes System hat sich aufgelöst. Die Menschheit erfindet sich neu."

„Neuer Entwicklungsschritt in der Menschheitsgeschichte. Weltbilder kamen ins Wanken und konnten sich nicht halten. Es gibt neue."

„Aufbruch in eine neue Ära des Wirtschaftens. Es soll nun Sinn machen."

Ich sagte: „Wow." Ich kann es immer noch nicht ganz fassen. So viele Änderungen und Verbesserungen. Und alle freuen sich darüber. Alle profitieren. Alle Menschen ziehen daraus einen persönlichen Gewinn. Wir redeten darüber, wie sich das erklären lässt. Es ist darauf zurückzuführen, dass die Menschen sich weiterentwickeln möchten. Dass es eine weltweite Digitalisierung gibt, die Erde ein globales Dorf wurde und wir Menschen sehr viel voneinander wissen. Christinnen möchten sich als gleichgestellte Kinder Gottes wahrnehmen und werden. vernünftig handeln. Andere Religionen auch. Und vor allem möchten sich alle Menschen an die Menschenrechte halten und verwirklichen. Wir sprachen darüber, was wir uns in Zukunft für Überschriften wünschen. Vor allem wollen wir keine negativen Schlagzeilen mehr lesen. Wir sind dem entwachsen und glauben an das Positive. Wobei wir auch immer darum ringen, was denn das Positive und Beste ist. Um das herauszufinden, diskutierten wir drei viel. Und stellten fest, dass es schon schwierig war, da einen Konsens zu finden. Jede hat eigene Bedürfnisse und Wünsche und Emotionen. Aber trotz der Unterschiede waren wir uns bei wesentlichen Dingen einig.

20. Fiktiver Monat. Fiktives Jahr.

Die Zwillinge Nina und Tobi erzählten mit heute Kinderwitze. Sie fanden sie im Internet. Wir haben viel gelacht. Witze erzählen gehört immer noch zu den Lieblingsbeschäftigungen von ihnen. Frieda kam heute freudestrahlend mit mehreren Zeitungen. Sie hatten folgende Überschriften:

„Biologische Landwirtschaft wird zu 100% eingeführt. Gartenbau und Kochen wird Schulpflichtfach." Wir dachten darüber nach, was mit den Leuten arbeitsplatzmäßig passiert, die sich bisher Chemiekeulen ausdachten. Sie entwickeln jetzt Medikamente. Eine große Veränderung der Tätigkeit wird nun vor sich gehen. Aber eine Gewinnspannenberechnung haben diese Produkte nicht mehr ausgehalten. Wir überlegten, welche Überschriften denn am nächsten Tag erscheinen könnten. Denn es gab ja eine große Umwälzung.

21. Fiktiver Monat. Fiktives Jahr.

Heute lesen wir: „Waffen und Kriegszubehör werden vernichtet. Geheimdienste abgeschafft. Niemand will andere mehr bespitzeln."

22. Es ist jetzt immer fiktiver Monat. Fiktives Jahr.

Überschriften:

„Globale Goldpreisentwicklung seit der Einführung. Was tut unser Land dafür? Was machen die anderen?" Heute stand viel in der Zeitung. Sehr viele Statistiken und Auswertungen darüber. Dafür gab es heute weniger schlimme Nachrichten. Warum? Weil weniger passierte oder weil auch Zeitungen uns nicht mehr mit so viel Negativen versorgen wollten?

23.

Heute lasen wir:

„Männeremanzipation. Wie setzen Männer das um? Was denken die Frauen darüber?"

„Patriachat war das größte Übel der Menschheit. Kriege gaben den Männern Narrenfreiheit und den Frauen Souveränität."

„Partnerschafts- und Kommunikationsseminare werden an allen Schulen eingeführt."

„Männer überlegen, was sich Frauen wünschen. Wie machen sich Paare glücklich?"

„Zweisamkeit glücklich gestalten."

Wir reden über die Männeremanzipation. Klar bedauern wir, dass wir sie nicht auch schon eher eingefordert haben. Alles hat seine Zeit. Vielleicht war die Zeit noch nicht reif dafür. Ich weiß es nicht. Ich denke, dass Wünsche wahr werden können. Wichtig ist es, Ziele zu haben. Sind sie da, können sie erreicht werden. Sie zu finden, ist manchmal langwierig. Langatmig und anstrengend. Jetzt sind sie da. Eigentlich wollte ich heute eine mathematische Ausarbeitung in mein Tagebuch schreiben. Wie denn genau das Schema für den Gewinn sein soll. Ich lese noch mal mein Buch „Idealia" durch und finde die Stichpunkte für den „Blauen Goldpreis". Sie werden auch für die Gewinnspannenberechnung herangezogen. Ich bin im Moment zu bequem, das alles in komplexen Zahlen und Formeln und Schemata auszudrücken. Ich erkläre lieber alles in meinem Tagebuch. Vielleicht mache ich es mal an einem anderen Tag. Mal schauen. Wenn nicht, kann es auch abgeleitet werden. ☺

Nächster Tag

Wir lesen:

„Kein Milliardenbesitz von Einzelnen mehr. Menschen verstaatlichten großes Vermögen. Manche Menschen gaben es vor Tagen in Stiftungen."

Das war mir ein wichtiges Anliegen. Vor allem, dass die Menschen es dadurch schaffen, ins Himmelreich zu gelangen, das nun auf der Erde beginnt. Wir überlegen uns, was denn in naher Zukunft in der Zeitung stehen könnte. Die Gedanken sind frei. Und wir können bestimmen, wie es mit uns und der Menschheit weitergeht. Wir diskutierten wieder. Wir waren uns einig, dass ich schon viele Ideen in meinen Büchern habe und diese umgesetzt werden könnten. Ein Sammelsurium an Ideen. Und es gibt ja noch viele andere Ideen. Und jetzt müsste ich Platz lassen für Gedanken, die mir die Zwillinge oder andere noch sagen. Und das mache ich auch. Und bei Gelegenheit wird das hineingeschrieben:

Nächster Tag

Heute stand viel über Wertschöpfung in der Zeitung. Werte, die sich an der Zunahme der Lebensqualität aller Menschen orientieren. Es wurden die verschiedensten Themen genannt: „Erfülltere Sexualiät. Mehr Gesundheit. Sauberes Wasser. Erhaltung der Umwelt. Zeit für Kinder.“ Und nun werde ich Platz für weitere Gedanken lassen:

Nächster Tag

Heute nehme ich mir mal wieder ganz konkret mich vor. Was will ich in meinem Leben verbessern und was will ich in kleinen Schritten erreichen? Und welche Methode wende ich dafür an? Und wer kann mich unterstützen: Ziel, Weg, Unterstützerinnen?

Und was macht mich in meinem Leben glücklich?

Ich komme mir wie meine eigene Projektmanagerin vor. Wahrscheinlich bin ich das auch. Gott hilft mir dabei. Das Projekt bin ich. Ich manage mich auch selbst. Dann werde ich im Gotteslob einige Lieder mit den Kindern singen. Sie klatschen immer dazu.

Nächster Tag

Heute erlebte ich viel mit der Familie. Wir machten am Nachmittag einen kleinen Ausflug auf den Spielplatz. Es hatte milde 10 Grad. Seit Einführung des Goldpreises gab es keine noch so winzige Temperaturerhöhung auf der Erde. Ob das Zufall ist, weiß ich nicht. Jedoch haben wir gerade keine Wetterschwankung. Ein gutes Omen. Und diese Info habe ich? Na klar!

Nächster Tag

Frieda war heute gesundheitlich nicht ganz auf der Höhe. Sie schickte mir eine WhatsApp-Nachricht mit den verschiedenen Zeitungssätzen. Wie zum Beispiel: „Die positive Entwicklung auf der Erde geht weiter." Auch wurde heute wieder gemeldet, dass der Erdfaktor vom „Blauen Goldpreis" konstant geblieben ist. Die Maßnahmen greifen. Mich freut es, dass der Erdfaktor 1 ist und die positive Entwicklung auf der Erde angestoßen wurde.

Ich denke über einen neuen Roman mit viel Herz-Schmerz nach. Eine Urlaubsgeschichte, in der sich zwei alleinerziehende Eltern mit vielen Kindern ineinander verlieben. Mal schauen, wann ich die Idee umsetze. Lieber wäre es, mir würde das im realen Leben passieren. Na ja. kommt Zeit, kommt Rat. Manchmal denke ich mir, ich flüchte mit meinen Romanen vor der Realität. Aber meine Romane sollen ja immer die Realität widerspiegeln. Und im Moment fällt mir nicht mal mehr ein, was ich denn in dieses Tagebuch schreiben will. Was gibt es noch für Ideen? Was ist produktiv und effektiv? Was ist wichtig und was nicht? Was will ich erleben und was nicht? Mit wem will ich eine Beziehung eingehen und mit wem nicht? Und was kann ich tun, damit meine Kontakte bereichernd sind und was nicht? Und was tut mir gut und was nicht? Und wo fühle ich mich wohl und bei wem bin ich entspannt und kann ich sein? Jetzt sind mir viele Fragen eingefallen. Ich will sie auf Zetteln beantworten und dann hinten dranhängen. Oder die Fragen nächste Woche noch mal beantworten und Vergleiche ziehen.

Nächster Tag

Heute sprachen wir über den Weltgebetstag der Frauen der vergangenen 25 Jahre. Und darüber, dass die Menschen in den Weltgebetstagsländern so viele Sorgen haben. Und 2018 beteten wir schon für eine faire Berechnung des Goldpreises, weil in Surinam Quecksilber beim illegalen Goldabbau das Wasser vergiftet. Und nun wird Wasser als das Göttliche für alle Menschen in das Gold mit einberechnet. Und jedes Geschäft wird einer ethischen Prüfung anhand der Menschenrechte unterzogen. Ein Meilenstein in der Entwicklungsgeschichte der Menschheit. Ich habe allerdings Sorge, dass es aufgrund mangelnden Glaubens nicht funktionieren könnte. Ich denke jedoch, dass der Glaube Berge versetzen kann. Auch Jesus hat das gesagt. Und an ihn glaube ich. Und wo ein Wille ist, ist auch ein Weg. Und ich bete und hoffe, dass es Gottes Willen ist, den ich meine zu erkennen. Hoffentlich ist es auch tatsächlich so. Es könnte so sein. Ich fragte heute noch mal in meiner Familie. Und die meinten, dass gute

Gedanken, die wirklich niemandem schaden, auch Gottes Wille sein könnten. Zweifel bleiben. Und schon manchmal scheiterten Wirtschaftssysteme wie der Sozialismus im geteilten Deutschland und der Kommunismus. Das sollte mir eine Lehre sein, zu überdenken, warum es so war. Und ich denke, dies hing auch mit dem fehlenden Glauben an eine wirkliche Religion zusammen. Eine Wirtschaftsideologie kann keinen Gott ersetzen. Das Wirtschaftssystem ist auch ein Weg zu Gott. Ist das wieder ein schwieriges Kapitel. Und ich schrieb es ja als Marie Likisch total ausführlich. Und mit der ethischen Prüfung haben wir nur noch Gewinne. Gewinne in jeder Hinsicht.

Nächster Tag

In der Zeitung steht, dass sich die Leute viel ausdenken und sich wundern, warum sie nicht schon eher darauf gekommen sind. Und Kinder werden wieder als Bereicherung angesehen. Was ich sehr schön finde. Und mit den Kindern wollen die Eltern wieder mehr Zeit verbringen. Und mit den anderen Verwandten auch. Auch wenn das manchmal total schwierig ist, wegen des Altersstarrsinns der älteren Generation. Doch wo ein Wille ist, ist auch ein Weg.

Nächster Tag

Mein Alltag wird bestimmt vom Schreiben an dem Herz-Schmerz-Roman und meiner Hausarbeit. Heute kochte ich aufwendig: ausnahmsweise mal Fleisch. Und zwar ein fränkisches Lieblingsgericht: Braten mit Klößen und Soße und Salat dazu. Als Nachtisch wieder Pudding mit Johannisbeersoße. Als Vorspeise gab es Kartoffelsuppe. Und Französisch lernte ich heute auch. Ich meldete mich zu einem VHS-Kurs an. Ich möchte mein Gehirn mehr fordern und trainieren. Das Lernen ist jedoch hart. Wirklich. Irgendwie muss ich mich herausfordern. Die Lehrerin unterrichtet mit französischer Leichtigkeit und ist total charmant. Der Unterricht ist so witzig. Und sie erklärte uns heute obernützliche Worte. Schlüsselwörter der französischen Sprache. Wir wiederholten etre. Also sein. Das ist im Deutschen auch sehr nützlich und wichtig. Früher war das Wort „haben" wichtiger. Es wurde abgelöst. Auf diese Unterscheidung zwischen Sein und Haben wies schon Erich Fromm hin. Ich werde noch mal in seinen Werken lesen.

Nächster Tag

Ich suchte heute in einer Suchmaschine alle Nachnamen in meinem Umfeld. Unter anderem Likisch, Filmer und Arnold. Arnold ist ein altdeutscher Name und kann Adlerherrschaft bedeuten. Der Adler war immer der Götterbote. Und ein Adler sah die Welt als Ameisenhaufen. Likisch bedeutet politisch. Interessante Thesen, die da im Internet stehen. Ich googelte noch mehr Begriffe. Kam wieder vom Hundertsten ins Tausendste. Und es wiederholt sich doch manches immer wieder. Ich bestellte Bücher zur Finanzmathematik und Kalkulation und Grundlagen der neuen Bilanzbuchhaltung. Und ein Buch mit der Bewertung von Unternehmensgewinnen. Bin mal gespannt.

Nächster Tag

Die Bücher sind da. Das Gewinnspannenbuch ist mega interessant. Selbst Zigaretten haben 0 Euro Gewinnspanne. Wenn sie produziert werden, wird bei den Lohnkosten für den Unternehmer der Mindestlohn angesetzt. Das kann ich gut verstehen. Schauen die Bilder auf den Packungen auch nicht so ansprechend aus. Die Folgen des Rauchens allerdings auch nicht. Einen Lesetest zum Lesen der Verpackungen gibt es leider nicht. Allerdings ein Mindestalter zum Rauchen. Ob jetzt weniger Zigaretten produziert werden, weil die Gewinnspannen nicht so hoch sind, ist momentan noch offen. Ich habe keine Ahnung. Ich frage mal die anderen Familienmitglieder.

Nächster Tag

Die Buchstaben in meinem Tagebuch sollen fließen wie Wasser. Tun sie gerade nicht. Flaute. Rinnsal. Manchmal kann ich nicht so recht denken. Zumindest ist in der Zeitung mal wieder eine positive Nachricht. Sie lautet:

„Fleischverzehr geht gravierend zurück. Heimisches Gemüse legt zu. Leute legen vermehrt ihren Garten an."

So einfach kann es sein, positive Nachrichten wiederzugeben und sich daran zu erfreuen. Erstaunt mich selber. Im Roman kann ich erschaffen, was ich mir denke. Und nun legen die Leute wieder ihren Garten an. Vielleicht macht es im Garten mehr Spaß, als im Flieger nach Irgendwohin zu sitzen und dort unbekanntes Land für wenige Tage zu erobern. Und essen kann man das Gemüse ja auch. Sollte wegen des Goldpreises beibehalten werden.

Nächster Tag

Und wieder steht Gutes in der Zeitung. So viel, dass ich das gar nicht alles hier wiedergeben kann. Vielleicht notiere ich das später. Ich las heute ein Geschichtsbuch über das Patriachat und die Erniedrigung der Frauen. Bei allem. Schon wieder mal. Und das ist nun Geschichte. Endgültig wird das nicht mehr gewollt. Juhuuu!! Und für heute schließe ich das Buch. Das Bett ruft. Und ich schlafe doch so gerne. Ich wünsche mir so sehr materielle Gleichheit. Was wird wohl morgen in der Zeitung stehen?

Nächster Tag xyz

Und hier steht, was alles drinsteht.

Ein paar Tage später

Liebes Tagebuch, die letzten Tage vernachlässigte ich dich. Ich hatte einfach keinen Nerv zu schreiben. Eine Grippe raffte mich geistig und körperlich dahin. Ich war kaum fähig, aufzustehen. Alles tat mir weh. Allerdings ließ ich mir von einem Internetanbieter zwei Bücher über das Wirtschaften schicken. Und diese Bücher werde ich später ansatzweise analysieren.

Heute ist Karfreitag

Liebes Tagebuch, ich war in der Kirche. Heute ist der Tag, an dem Jesus starb. Grausam und qualvoll. Ein großes menschliches Martyrium ertrug. Ein trauriger Tag und eine traurige Andacht in unserer katholischen Kirche. Jetzt bin ich alleine daheim. Die Kinder sind bei Stefan. Ich fotografierte gerade meine Osterdekoration und verschickte sie an meine Freunde und Freundinnen und Verwandten. Auf dem Tisch steht ein Teller mit goldenem Rand. In der Mitte steht eine viereckige kleine Vase mit Efeu, das über die Vase hinausgeht und zwei Blätter von der Tulpenpflanze am Fenster. Und meinem Rosenstock am Fenster klaute ich auch zwei Blüten. Sie stellte ich in die Mitte. Die Blüten sind toll. Sie sind aufgeblüht. Und sie sind verschiedenfarbig. Wahrscheinlich besteht mein kleiner Rosenstock auf dem Sims aus zwei verschiedenen Rosenstöcken. Die eine Blüte ist total üppig mit Blütenblättern versehen. Sie sind hellorange und die untersten Blätter sind zartrosa. Die andere Blüte hat auch apricotfarbene Blütenblätter. Die unteren drei Reihen der Blütenblätter sind zweifarbig. Sie sind orange-hellrot. Und beide Rosen haben Stängel mit kleinsten Dornen und Blättern. Die Blüten sind ein Traum. Ich könnte mich daran ergötzen. Auf dem Teller steht auch ein runder Glasteelichtbehälter mit einem

Bienenwachsteelicht. Und es steht noch ein herzförmiges Glasteelicht mit Bienenwachsteelicht darauf. Drum herum stellte ich vier kleine braune Porzellanhasen. Es schaut total possierlich aus. Von den Schokohasen der letzten Jahre sind noch goldene Glöckchen mit goldenem Band da. Diese drei Glöckchen legte ich auch dazu. Es ist ein schönes Ganzes. Leider sind die gemalten filigranen Blumen und Kräuter in der Mitte des Tellers größtenteils verdeckt. Aber sie blitzen trotzdem ein wenig heraus. Es ist aber ein wunderbares Ganzes und ich habe eine große Freude an dem Gesteck.

Bild des Gesteckes in abgewandelter Form. Bitte klebe auch ein Bild von deinem Blumengesteck ein.

Auf dem Wohnzimmersims stehen auch Osterglocken. Auch sie fotografiere ich und verschicke sie. Im Französischkurs lernte ich, dass in Frankreich nicht der Osterhase kommt, sondern die „Glocken aus Rom". Finde ich auch eine tolle Idee, was sich die Menschen da ausgedacht haben. Wusste ich nicht. Mit Französisch plage ich mich ganz arg ab. Ich kann mir gar nicht vorstellen, mit dieser Sprache aufgewachsen zu sein. Ich bin ja in der deutschen Sprache beheimatet. Aber das Aussprechen der Wörter, die ganz anders geschrieben werden, finde ich mega interessant. Viele Silben werden zu a, ä, u, zu ü oder o oder ö. Total ungewohnt für mich. Ich finde die Sprache auch sehr filigran und sie hat einen leichten Hauch von Erotik. Die Franzosen küssen auch gerne und ich habe den Eindruck, dass das Küssen die Worte abkürzt. Zum Sprechen kommt man schon kaum noch. Keine Ahnung, ob das auch so ist. Auf jeden Fall tue ich mich mit dem Sprechen noch sehr schwer. Andererseits bin ich von der Aussprache total fasziniert. Und die Sprache ist ja so umfangreich! Ein unglaublicher Wortschatz, der sich mir auftut. Wie bereits gesagt: Als Erstes lernten wir im Kurs das Schlüsselwort „sein" in den verschiedensten Formen. Dann das Wort „haben". Die Lehrerin sagte, dass diese Worte obernützlich sind. Das glaube ich auch. Bei uns ist es ja auch so. Und ich will ja in meinem Leben sein; und viel weniger haben. Schließlich suche ich ja immer ein Lebenskonzept als Gegenentwurf zur klassischen Betriebswirtschaftslehre. Wir trainieren die Verben, indem sie jeder im Kurs durchdekliniert. Ich bin, du bist, er, sie, es ist, wir sind, ihr seid, sie sind. Und das in einer anderen Sprache. Es ist sehr spannend. Durch das Wiederholen kann ich es mir gut merken. Vokabeltraining ist effektiv. Es vermittelt mir auch kleine Erfolgserlebnisse. Aber ich will nicht nur vom Sprachkurs schreiben. Obwohl ja dieser Kurs allein schon einen Roman ergeben würde. Echt interessant. Es ist auch spannend, etwas über die Kultur zu erfahren und über das Lebensgefühl, verbunden mit dieser französischen Leichtigkeit. Die Lehrerin sagte, dass sie viel Philosophie in der Schule hatte. Aber mit einem gewissen Alter keine Diplome mehr erworben werden können. Das finde ich ziemlich blöd; schließlich ist das ganze Leben eine Entwicklung und lebenslanges Lernen. Und es gibt auch Spätzünderinnen. Das ist bei uns in Deutschland anders. Unser Bildungssystem ist in dieser Hinsicht durchlässig. Entwicklungen sind immer möglich. Befähigungen und Fähigkeiten können jederzeit erlangt werden. Trotzdem gibt es „einfachere" Jobs, die auch schlecht bezahlt werden. Jedoch muss auch die jemand machen. Und darum würde ich mir auch ein gleiches Einkommen für alle wünschen. Weil alle Arbeiten gleich wichtig sind. Außerdem ist es menschlich nicht fair, arbeitenden Menschen weniger zu geben als anderen. Das sehe ich überhaupt nicht ein. Und ein Recht auf Arbeit sollte es auch geben. Und den „Staatskiller" Berufserfahrung, würde ich sowieso aus dem Wortschatz streichen. Manche Frauen trauen sich schon gar nicht mehr, Kinder zu bekommen, weil sie dann aus ihrem Beruf aussteigen. Und sie Angst haben, bei einem Wiedereinstieg noch mal ganz von vorn anfangen zu müssen. Ich verstehe ohnehin nicht, weswegen ein Beruf und eine Tätigkeit wichtiger sein sollen als die eigenen Kinder. Wegen Kindern und anderen Menschen ist doch erst ein Beruf wichtig. Was nützt ein guter Beruf, wenn keine junge Generation da ist? Wahrscheinlich ist das nur Selbstbeschäftigung und Arbeiten um des Arbeitens willen. Wie heißt es: Der Deutsche lebt, um zu arbeiten und der Franzose arbeitet, um zu leben. Ich muss mal schauen, was für mich gilt. Ich denke, ich lerne eifriger Französisch. Außerdem will ich ja französische Chansons singen. Von der Leichtigkeit des Lebens und der Liebe. Ob die französischen Sängerinnen auch wirklich emanzipiert singen, werde ich noch feststellen. Ich bin gespannt, ob die Frau in der Liebe wirklich einen hohen Stellenwert hat oder ob sie durch die Texte nur oberflächlich und optisch aufgehübscht wird. Ich hörte auch mal, dass die Frauen durch Geliebte abgewertet werden. Und das oft. Jedoch weiß ich das nicht so genau. Keine Ahnung. Tatsache ist, dass ich mich auf Fotos so mag, wie ich bin und ich mich nicht optisch verändern lasse. Mit entsprechenden Computerprogrammen ist das ja möglich. Ich meine, dass mich Gott als Unikat geschaffen hat und ich darum hübsch bin. So hübsch, dass ich mich, und jede andere, so zeigen kann, wie ich bin. In meinem Alter nahm ich mich auch so an, wie ich bin. Eine „Verschönerung“, die mir irgendwer aus irgendwelchen Gründen (finanziellen“) suggerieren will, nehme ich nicht an. Das ist mir zu blöd und zu albern. Und ich mag jetzt auch nur noch Bilder von Frauen, die sie natürlich in all ihren Facetten zeigen. Gegen Künstlichkeit bin ich mittlerweile allergisch. Ich sehe es auch nicht ein, dass sich Frauen verändern sollen. Sie passen, wie sie sind. Gegen Pflege und Hygiene habe ich natürlich nichts einzuwenden.

Jetzt bin ich vom Thema abgekommen. Heute ist Karfreitag. Ich werde noch Ostereier färben für die Kinder. Einen Hefezopf backen. Die bemalten Eier hängen von der Decke. Sie schauen supertoll aus. Ich schaue mir noch mal mein Gesteck an. Dieses Gesteck läutet den Frühling ein. Ich denke an den Garten von meinem Papa. Da gibt es auch verschiedene Rosenstöcke. Strauchrosen; Buschrosen und sogar eine Hochstammrose mit roten, buschigen Blüten. Das sind die Blüten, die auf dem Herzchen auf dem Cover zu sehen sind. So richtig schöne rote Blüten. Ein pinkfarbener Rosenstock duftet ganz intensiv. Die anderen Rosen auch. Jedoch nicht so arg. Es ist für mich eine faszinierende Pflanze. Sie wird ja auch oft als „Königin“ unter den Blumen bezeichnet. Und oft als Symbol hergenommen. Ich nehme mir oft Blüten von Papas Garten mit in meine Wohnung und zaubere daraus ein Ikebana-Gesteck. Das Arrangieren der Blüten, Stängel und Blätter macht mir sehr viel Spaß. Und es verschönert meine Wohnung. Es bringt Grün und Lebendigkeit in meinen Alltag. Das Blumenstecken mochte ich schon immer. Gärtnern gefällt mir in einem gewissen, arbeitsmäßig begrenzten Rahmen auch sehr.

Mit Michaela unterhielt ich mich gestern über Small-Talk. Sie las gerade ein Buch darüber. Und sagte, es ist für „Dummis“. Ich fühlte mich sofort angesprochen. Sie klärte mich über die Themen auf. Es sind Partner, Familie, Kinder. Außerdem Haustiere, Urlaub und Reisen, Hobbys und Freizeit, Essen und Trinken, Gesundheit und Wellness, Sport, Kultur, Wissenschaft und Wetter. Besser vermeiden sollte man die Themen Politik, Religion, Geld, Krankheit, Tod, Sexualität und fragwürdige Witze. Also die Themen, die ich in meinen Büchern ausufernd behandle. Somit erklärt sich manches. Und gerade über das Thema Geld will ich ja schon wieder schreiben. Ich sehe die BWL-Bücher schon wieder mahnend auf dem Regal liegen. Es schaut aus, als würden sie sagen, dass ich mich endlich mit ihnen beschäftigen soll. Ich habe keine Lust. Und daneben liegt, sinngemäß, allerdings wirklich zufällig, die „Kleine Helferbox" von Frieda. Die „Kleine Helferbox" schenkte sie mir, um mein Leben besser zu meistern. Die Anregung fand sie im Internet. Die „KH" besteht aus einer großen Streichholzschachtel, die mit buntem Papier umwickelt ist. Darauf klebte Frieda ein Bild mit meinem Kopf und schrieb mit goldenem Stift darauf: „Für Sahra. Kleine Helferbox für dein weiteres Leben." Und in der Box befinden sich eine 1-Cent-Münze, ein dünner Faden, ein Streichholz, ein Smartie, ein Lutscher, ein Pflaster, ein Papiertaschentuch und eine kleine Tafel Schokolade. Frieda legte auch einen Beipackzettel, mit dem Computer geschrieben, hinein. Darauf steht: „Beipackzettel zur kleinen Helferbox. Art und Dauer der Anwendung: Längst nicht so oft, wie du gerade denkst! ☺ Ich wünsche dir alles Gute und viel Ausdauer und Kraft und Lebendigkeit. Deine Frieda." Inhalt der Helferbox: Glückscent, Geduldsfaden, Streichholz für zündende Ideen, Anti-Stress-Pille, Ausdauer-Lutscher, Trostpflaster; Taschentuch für Tränen aller Art; Schokoladen-Nervennahrung. Ich hole mir nun die Bücher und auch die Helferbox rüber. Ich mache sie auf und schaue mir den Inhalt an und mache sie aber wieder zu. Ich kann gerade nichts damit anfangen.

Ich erinnere mich daran, dass Frieda mir erklärte, dass sie an einem Kurs zur Gewaltfreien Kommunikation von Marshall B. Rosenberg (1934 -2015) teilgenommen hat. Es ist ein lebenslanger Übungsweg, der uns zu einem Handeln nach unseren Gefühlen und zu einem authentischen und ehrlichen Handeln anleiten soll. Die vier Schritte sind: Beobachtung, Gefühle, Bedürfnisse, Bitte. Frieda sagt, ich soll so vorgehen: 1) Ich beobachte mich selbst, ohne mich zu bewerten. 2) Was fühle ich, wenn eine Person sich mir gegenüber verhält? 3) Welche Bedürfnisse stehen hinter meinen Gefühlen? 4) Ich spreche meine Bitte aus: Was wünsche ich mir von der anderen Person? Ich versuche nun, mit Ich-Botschaften dieses Raster in mein Leben zu integrieren. Oft gelingt es mir schon. Manches muss ich noch üben, um mich zu beherrschen und mein Ziel zu verfolgen. Manchmal denke ich mir aber auch: Du kannst mich mal kreuzweise; also das ist Fränkisch und bedeutet, der andere kann mich mal … Ich stehe über den Dingen und rege mich nicht mehr so darüber auf. Ich erinnere mich daran, dass Frieda von ihrer Arbeit am Kiosk erzählte. Sie philosophierte darüber, dass die Wirklichkeit in Buchstaben und Wörter gepresst wird und diese dann am Kiosk erhältlich sind. Dass auch die Wirklichkeit in alle erdenklichen Zahlen zerlegt wird. In Strichcodes und Preise. Schließlich in Geldmünzen und so weiter und so fort. Ihre Welt im Kiosk besteht aus Buchstaben, Zahlen, Münzen, Zeitschriften, Kassen und Terminals für Lotto und sonstigen Kleinkram. Über das Lottospielen hat sie dann auch philosophiert. Und meinte, dass die großen Gewinne begrenzt werden mußten. Solange alle noch Geldkönige werden wollten, wird es immer eine Geldmonarchie geben, die das Sagen hat, mit ihren Lobbyisten die Politik besticht und nicht in Jesus Sinne handelt. Diese großen Gewinne dienen nur der Legitimation von Geldmonarchen. Sie wollten dieses System bestimmt nicht abschaffen; profitieren sie doch von der Gier der anderen. Und das Schlimme ist, dass ja nur wenige Geldmillionäre werden würden. Die anderen bleiben arme Schlucker und ergötzen sich am Reichtum der andern. Sie halten das für normal. So wie es normal ist, die Heftchen der Reichen und Schönen zu kaufen. Mit ihnen mitzuleiden und selber kein Geld für ein Zahnimplantat zu haben und dann mit einer Zahnlücke rumlaufen zu müssen. Sie sind so mit dem eigenen geringen Budget und dem Überlebenskampf beschäftigt, dass es für geistige Höhenflüge und ein Aufbegehren gar nicht mehr reicht. Ungerechtigkeiten werden klaglos hingenommen. Sie konnte es nicht fassen. Und sie war in höchster Wut. Ich sagte ihr, dass sich das schon bald ändern würde, wenn viele Menschen das wollten. Wir überlegten: Wann wollen die Menschen das? Und wer will das? Und will das auch derjenige, der die anderen finanziell ausbeutet? Was denkst du darüber?

Ich will finanzielle Gleichheit. Alles andere ist nicht mit meinem christlichen Menschenbild und den Menschenrechten vereinbar.

Um mich „fortzubilden", hole ich nun einen Text vom letzten Gottesdienst her. Er wurde am Ende ausgeteilt. Darin heißt es: „Sei du selbst, alle anderen sind schon vergeben. Sie hübsch, sei nett, sei beliebt. Wozu? Sei Einfach Du selbst. Sei Du selbst, denn das Leben ist zu kurz, um jemand anderes zu sein! Sei Du selbst, denn ein Original ist mehr wert als eine Kopie." Über das Selbst schrieb ich ja schon ganz viel in meinen Büchern. Ich werde das nicht mehr wiederholen. Heute ist ja Karfreitag. In einem Kirchenlied heißt es: „Jesus gab sich selbst als Speise dar." Es fällt mir gerade ein. Auch in der katholischen Kirche gibt es den Begriff. Und Jesus war „Selbst", er starb ja selbst. Damit ist dieser Begriff definiert. Ich denke über den vorletzten Gottesdienst, den ich besuchte nach. Es war der Weltgebetstag der Frauen am 02.03.2018, den Frauen verschiedenster Konfessionen in unserer Kirche feierten. Frauen aus Surinam bereiteten diesen Gottesdienst vor, der mittlerweile in über 120 Ländern gebetet wird. Seit über 130 Jahren beten Frauen verschiedenster Konfessionen an jedem 1. Freitag im März gemeinsam. In den verschiedensten Zeitzonen werden auf der ganzen

Erde in den verschiedensten Sprachen der gleiche Inhalt und die gleichen Lieder gesungen und gebetet. Frauen, aus dem kleinen südamerikanischen Surinam haben die Gebetstexte und Lieder ausgearbeitet. Surinam ist ein Land mit einer bewegenden Einwanderungsgeschichte. Menschen aus vier Kontinenten und den verschiedensten Religionen leben dort im Frieden miteinander. Anhand der Buchstaben des Landes stellte eine Frau die Sonnen- und Schattenseiten dieses Landes heraus:

S für Südamerika und Sextourismus
U für Urwald und Umweltzerstörung
R für Reggae und Raubbau bei Gold und Bauxit
I für indigene Völker und illegales Handeln in dem Land
N für Naturwunder und Niedergang von Industrie und Wirtschaft
A für Artenvielfalt und Armut
M für Meeresschildkröten, Müll und Minen.

Das Thema dieses Abends war: „Gottes Schöpfung ist sehr gut". Wir hörten die Schöpfungserzählung aus dem Buch Genesis. Wir beteten für die Anliegen der Menschen in Surinam und dafür, dass sie ihre Probleme lösen und wir ihnen dabei helfen können. Unter anderem beteten wir für eine faire Berechnung des Goldpreises. In Surinam verseuchen Menschen das Wasser beim illegalen Goldabbau mit Quecksilber. Das Wasser macht dann die Menschen krank. Die Lieder waren sehr rhythmisch und beschwingt. Die Besucherinnen sangen gemeinsam mit dem Chor. Wir beendeten die Andacht mit dem hoffnungsreichen Kirchenlied: „Der Tag ist um, die Nacht kehrt wieder, auch sie, o Herr, ist deine Zeit. Dich preisen unsere Morgenlieder, dir sei die Stille nun geweiht. So mögen Erdenreiche fallen, dein Reich, Herr, steht in Ewigkeit und wächst und wächst, bis endlich allen das Herz zu deinem Dienst bereit." Anschließend gingen wir in das Gemeindehaus, um uns mit Köstlichkeiten, traditionell oder mit Ideen aus Surinam zubereitet, zu verwöhnen. Wir plauderten und ließen die Andacht gemütlich ausklingen. Und nun werde ich auch in die Küche verschwinden, um etwas zu essen. Die Bücher müssen nun ruhen.

Nächster Tag

Heute ist Ostersamstag. Wir besuchten Opa und Hedwig. Michaela half Opa beim Obstbaumschneiden. Die Zwillinge sammelten die Zweige ein und schlichteten sie auf einen Haufen im Garten auf. Sie werden demnächst in der Holzheizung verbrannt. Hedwig und ich pflanzten in den zwei Kübeln vor dem Haus Frühjahrsblüher ein, wie Gänseblümchen und Stiefmütterchen. Dann machten wir noch einen langen Frühlingsspaziergang durch den Ort und in den Wald. Die Sonne schien und das Wetter war wunderbar. Im Haus backten wir noch eine Pizza. Und es gab Johannisbeeren aus der Truhe mit Sahne und Eis. Hedwig wollte uns kulinarisch verwöhnen. Und es ist ihr auch gelungen. Nina schleppte im Haus dann die Zeitschrift „Lebensräume Garten“ an und las mir vor. Ich hörte einen Bericht über das Urlaubsparadies Garten. Daheim bleiben lohnt sich. Ich sah viele schöne Gartenbilder und es wurde über den Tag der offenen Gartentür in Bayern informiert, der alljährlich stattfindet. Ich erfuhr viel Wissenswertes über den Garten und Nina wollte gar nicht aufhören, mir vorzulesen. Hedwig kochte auch Eier und wir bemalten sie mit Lebensmittelfarbstiften. Da hatten alle ihren Spaß dabei. Schließlich brachen wir dann doch auf. Daheim schauten wir „Germanys next Topmodel“. Ich schaue das ja nicht oft. Und mir gefiel es auch nicht, dass die Topmodels Improtheater machen mussten. Im Hochzeitskleid blieb das Auto stehen. Sie mussten in die Kneipe, um Hilfe für die Autoreparatur am Tag der Hochzeit zu holen. In der Kneipe bat das Mädchen um Hilfe und die jungen Männer zogen dann ihre Hemden aus. Heidi Klum schaute fröhlich in die Runde und ich machte den Fernseher aus. Das wurde mir alles doch zu viel. In der Realität hätte das Mädchen Angst und würde davonlaufen. Ich weiß ja nicht, wie das im Fernsehen weiterging. Ich fand es nicht lustig und für mich sind solche Szenen keine Unterhaltung. Die Kinder maulten ohne Ende. Schließlich verfrachtete ich sie ins Bett. Und Tobi muss auch wissen, dass er sich so nicht zu benehmen braucht.

Mir gruselt es richtig. Ich kann so einen Scheiß nicht anschauen. Außerdem nervt es mich als korpulente Frau, dass die Mädchen immer dünn sein müssen. Und kaum eine als hübsch eingestuft wird und diese Lehrdamen ihnen ihre Meinung überstülpen und die Mädchen den Schmarrn so kritiklos glauben. Außerdem ist die Hälfte der Frauen in Deutschland, und auch die Hälfte der Männer, sowieso übergewichtig und schaut nicht so aus wie bei Heidi Klum. Damit mich keiner falsch versteht: Mir gefallen die Mädchen im TV. Sie sind so, wie Gott sie erschaffen hat. Mir gefallen aber auch alle anderen Frauen und kritisieren kann man nur diese Pseudo-Professorinnen, die den Mädchen und der ganzen Nation so einen Scheiß erzählen, wie man/frau auszusehen hat. Echt albern dieses Getue. Der Fernseher wird bei mir eh selten angemacht. Es kommt einfach zu viel Schmarrn. Ich will das nicht sehen und das auch nicht unterstützen. Ach ja, Tobi hat bei Hedwig noch einen Rap gedichtet, über den Esel im Dorf. Der Esel heißt Rep. Michaela hat sein Gedicht aufgeschrieben und beide trugen es dann im Rap-Sprechrhythmus vor. Sie wechselten sich ab. Nina spielte das Kind und den Esel; Tobi den Erzähler. War lustig. Mir ist gerade der Text in die Hände gefallen:

REP

„Ich bin der Rep“, sagt der Rep
Und läuft weg – der Rep hat sich versteckt.
Der Rep, der Rep, hat sich nun versteckt.
Hinter dem Baum steht der Rep, das ist sein Versteck.
Der Rep ist der Esel von einem Kind, wollte ausbüxen geschwind.
„Wo ist der Rep, wo ist der Rep?“,
jammert das Kind, schaut auf das Rind.
Der Rep, der Rep, der hat sich versteckt. (Wiederholung)
Das Rind schaut stumm und dreht sich um.
Das Kind schreit laut: „Wer hat den Rep geklaut?
Rep hast du dich versteckt? Was hast du ausgeheckt?“
Das Kind ruft: „Rep! Rep, komm bitte her. Wir brauchen dich sehr.
Ohne dich ist die Koppel leer.

Schrei bitte laut Ia, Ia, dann hör ich dich ja."
Rep hält seinen Mund, tut keinen Hickser kund.
Der Rep, der Rep, der hat sich versteckt.
Rep steht hinterm Baum, man sieht ihn kaum.
Rep überlegt sich das sehr; das Kind gibt immer Futter her.
Das Kind versorgt ja immer den Rep,
der Esel Rep lebt da nicht schlecht.
Rep kommt vom Baum hervor, das Kind, das den Esel verlor,
rennt auf das Tier zu
streichelt es und fängt es mit einem Strick im Nu.
Das Kind, das Kind führt den Rep auf die Koppel zurück;
Der Esel und das Kind haben Glück.
Sie sind wieder vereint,
Das Kind vor Erleichterung und Glück weint.
Es streichelt den Rep und tätschelt ihn fest.
Es sagt: „Da bist du ja wieder, du kleiner Rep,
ich bin so froh, du kleiner Depp."
Der Rep, der Rep, der hatte sich versteckt.
Der Rep ist wieder da, hurra, hurra!" Juhuuuuuu!

Jetzt schnappe ich mir endlich die Lehrbücher, die ich mir schicken ließ. Ich blättere sie durch und lege sie zur Seite. Das ist mir heute zu mühselig und zu anstrengend. Vielleicht schnappe ich sie mir morgen noch mal.

Ostersonntag

Wir waren in dem Ostergottesdienst. Haben unser Taufgelübte während der Messe erneuert. Die Kinder suchten ihre Ostergeschenke in der Wohnung. Dann fuhren wir zu Frauke und ihrem Mann und ihren vier Töchtern auf das Land. Osterbesuch. Wir suchten Schokoladeneier im Garten. Frauke kaufte Schrumpffolie.

Darauf malten und schrieben die Kinder ein Motiv, schnitten es aus; machten mit dem Locher ein Loch und wir legten die Folie etwa 20 Sekunden in den Ofen. Sie verkleinerte sich etwa um das Zehnfache und ein festes Motiv kam heraus. Umweltfreundlich ist das gerade nicht. Aber es machte total Spaß. Und als Lieblingsmotiv wählten die Kinder Engel. Sie schrieben darauf: Liebe, Glaube, Hoffnung, Verzeihen, Musik, Kreativität, Leben und andere tolle Worte. Tobi schrieb auch Familie darauf und malte einen Penis daneben. Michaela sagte: „Tobi! Hat das Mama auch gesehen?" Er zeigte es mir. Ich antwortete: „Ohne Penis und einen Mann gibt es keine Familie. Schon immer haben Menschen sich selber oder einen ihrer Körperteile, nackt gemalt. Oder Skulpturen erstellt. Und nun auch Tobi. Menschen sind immer von sich und anderen fasziniert. Frieda erzählt oft, dass sie die Heftchen mit nackten Frauen im Laden verkauft und die Menschen ganz fasziniert davon sind. Ich weiß nicht, ob es immer Kunst ist. Auf manchen Bildern sind die Frauen in ästhetischen Posen. Auf anderen wirken die Frauen plump. Mir selber gefallen solche Bilder nicht so. Ich würde mich nicht so darstellen lassen. Aber ich habe ja schon mit einem Sauna-Besuch Probleme. Ich will weder gesehen werden noch was sehen." Dieses Thema wäre ein langes Kapital in meinem Tagebuch. Aber Bilder von mir, in Klamotten, gibt es ja auch. Verewigt bin ich auch. Zumindest so lange, wie diese Bilder existieren. Ich selber habe keine große Freude am Fotografieren. Es macht mir einfach keinen Spaß. Mir gefallen Bewegung und Tanz. Immer das, wo ich mich spüre und andere spüre. Wo Berührung mit dabei ist. Allein das Tippen nervt mich. In diesem Tagebuch kann ich Gedanken wiedergeben. Das war es dann aber auch schon. Meine Gefühle preisgeben. Fühlen, Riechen, Schmecken, Hören und umfangreiches Sehen sind nicht dabei. Auch beim alleinigen Sprachenlernen fehlt manches; sagte mir erst vor Kurzem Hedwig. In der Gruppe ist es einfach schöner. Und mit anderen live zu reden ist noch schöner. Ich will heute noch eine CD von den französischen Kinderliedern anhören, die mir Hedwig auslieh. Die Verknüpfung von Tönen und Sprache gefällt mir besonders gut. Vielleicht wird es mir auch möglich, mich in die Sprache einzufinden. Wäre cool. Es ist schon faszinierend, was sich andere für Begriffe und Satzbauten ausdachten, die ganz anders als unsere Sprache klingen. Und dann auch mit den Buchstaben, die wir haben. Es ist für mich so faszinierend. Und dann gibt es ja noch ganz andere Sprachen, die auch in Zeichen umgesetzt werden können. Der Hammer. Und manche Sprachen werden in andere Tonhöhen gesprochen. Jedes Wort hat seine eigene Melodie. Es besteht eine unglaubliche Vielfalt auf dieser Erde. Ein Buch ist neben der gesprochenen Sprache eigentlich eine tote und fade Angelegenheit. Allerdings jederzeit griffbereit, um Gedanken aufzunehmen.

Nina konterte Tobi dann mit aufgemalten Brüsten auf ihren Engeln. Sie fand das dann emanzipiert. Sie erinnerte sich an Götterstatuen, die sie in ihrem Lateinbuch und Geschichtsbuch gesehen hatte. An Figuren in der Kirche. Ich erinnerte sie daran, dass in Kirchen die Menschen, die abgebildet wurden, oft gequält wurden und eines grausamen Todes starben. Schrecklich. Beispielsweise der Heilige Stefanus, der am Stefanuskreuz starb. Jesus starb ja eh schlimm. Er ist auferstanden. Darum feiern wir Ostern. Er lebt ja immer noch und sitzt zur Rechten seines Vaters. Und wenn wir uns an ihn erinnern, wird er auch auf der Erde leben. Frauke hatte das Bilderbuch „Die Ostergeschichte“ vom Herder-Verlag gekauft. Verfasst haben es Sabine Stadtfeld und Ute Thönissen. Dieses Bilderbuch erzählt anschaulich und mit tollen Bildern, was vor 2000 Jahren geschah. Die Autorinnen erzählen, dass Jesus in den Tempel einzieht. Er wirft die Händler aus dem Tempel. Er feiert das Abendmahl mit den Jüngern. Er betet im Garten Getsemani, wird dann verraten, verhaftet und verurteilt. Jesus stirbt am Kreuz. Seine Freunde legen ihn in ein Grab. Das Grab ist zwei Tage später leer. Die Frauen begreifen, dass Jesus auferstanden ist. Im Buch steht auf der letzten Seite: „Jesus ist mitten unter uns. In den nächsten Wochen besucht Jesus immer wieder verschiedene Jünger. Sie sind oft erst erschrocken und denken, sie sehen ein Gespenst. Jesus erklärt ihnen, dass er noch einmal für eine Weile zu ihnen gekommen ist, damit sie sehen können, wie groß Gottes Liebe ist. Sie ist sogar stärker als der

Tod. Die Jünger sind glücklich. Jesus hat den Tod überwunden! Sie wollen allen Menschen davon erzählen, damit auch sie glücklich werden können. Eine Sache beunruhigt die Jünger aber sehr: Jesus will zu Gott, seinem Vater, zurückgehen. Wie sollen sie ohne Jesus, ohne seinen Rat und seine Liebe leben? Jesus beruhigt sie und sagt: „Ich lasse euch nicht allein! Ich werde immer in euren Herzen sein, auch wenn ihr mich nicht sehen könnt."

So wird die Bibel in Bildern erzählt. Ich las es den Kindern vor. Ich sage den Kindern, dass wir Gott in unserem Herzen wohnen lassen können. Dass wir ein Tempel des Heiligen Geistes sein können. Wir reden auch darüber, dass ich mal in einer Kirche sah, dass Menschen gebrochene Nasen hatten. Ich machte mal einen Choralkurs mit und sang in dieser tollen Klosterkirche in Auhausen die Gesänge des Mittelalters. Und die Kirchenbank war am Altar abgetrennt. Jeder Platz war ein kleiner Thron. Und dieser Thron war mit Holzschnitzereien abgegrenzt. Und es waren Männer in dieses Holz hineingeschnitzt. Sie hatten alle gebrochene Nasen. Die Nasen wurden von anderen Menschen gebrochen, weil diese Männer etwas angestellt hatten. Michaela erzählte sofort vom Boxen, wo sie sich schon öfter eine blutige Nase holte und andere Boxer sich schon gebrochene Nasen zuzogen. Es ist ja ein Kampfsport. Ich sagte, dass wir Menschen in unserer Gesellschaft auch noch oft die Nase anderer brechen. Allein durch die ungleiche finanzielle Verteilung machen wir uns das Leben schwer. Lassen andere mit blutigen Nasen leben. Manche Menschen müssen so sparen, dass ihr Leben total eingeschränkt ist und sie nicht am gesellschaftlichen Leben in vollem Umfang teilnehmen können. Manche sterben sogar früher wegen schlechter Ernährung. Andere leben dagegen in Saus und Braus. Und dafür gibt es nur einen Grund: Gier. Und davon wollte uns schon Jesus bewahren. Geschafft haben wir Menschen es in unserem christlich geprägten Abendland immer noch nicht. Michaela meinte: „Auch die Bibel wurde nicht immer richtig verstanden. Jesus Worte wurden nicht umgesetzt. Obwohl es natürlich fantastisch ist, dass wir diesen Glauben seit zwei Jahrtausenden haben und es viele Menschen ernst mit dessen Umsetzung meinen. Es charismatische Personen gab, denen viel an Jesus und seiner Botschaft lag und liegt. Und das ist schon ganz arg toll. Auch wenn noch nicht alles so ist, wie ich mir das gerne vorstelle." Abends bastelte Nina ein „Lieblingsbuch". Sie beschriftete ein leeres Buch mit diesem Titel. Sie hat sich diese Anregung vom Deutscher Taschenbuchverlag geholt. Da gibt es so ein Buch. Sie sah es bei einer Freundin. Sie schrieb dort alles, was sie mag und liebt hinein: Lieblingsessen, Lieblingsschlafplatz, Lieblingstätigkeit, Lieblingseis, Lieblingsfarbe, Lieblingsspruch, Lieblingslied, Lieblingssänger, Lieblingshobby, Lieblingsorte, Lieblingsfreunde, Lieblingsmenschen. Lieblingskuschler, Lieblingsstreiter, Lieblingsunterhalter, Lieblingsgesprächspartner, Lieblingsspieler. Lieblingskleider, Lieblingsländer, Lieblingswörter, Lieblingseigenschaften usw. Lieblingsfächer in der Schule, Lieblingsverwandte. Wie ist es mit dem Coolnessfaktor bei denen? Strenge, Spaßfaktor, Streitfaktor, Kuschelfaktor usw. Als Lieblingsmensch hat sie dann ganz viel über Jesus reingeschrieben. Ich sah, dass sie schrieb: „Danke Jesus, dass du gesagt hast: Liebt einander, wie ich euch geliebt habe." Dass sie Jesus zwei Seiten in ihrem Buch einräumte, freute mich ganz arg. Ich finde Jesus so wichtig. Und die Bücher der BWL schauen mich immer noch fragend an. Zumindest schaue ich sie fragend an.

Ostermontag

Stefan war da und wir waren im Hof. Trampolinspringen. Ich machte Akrobatik mit den Kindern auf dem Trampolin. Fliegen lassen; Judoübungen. Wir hatten eine Menge Spaß. Wir aßen Torte, die Stefan mitgebracht hatte. Spielten Badminton. Das Wetter war sonnig. Es war noch alles ziemlich nass. Denn diesen Winter regnete und schneite es Gott sei Dank sehr viel. Abends gingen die Kinder mit Stefan in ein Kino der Stadt. Michaela blieb dann gleich bei Stefan. Sie hält mich für launisch. Ich denke mir, dass eher sie launisch ist. Wegen ihrer bevorstehenden Zwischenprüfungen. Mir soll es recht sein. Und die Zwillinge wollten dann natürlich auch bis zum Wochenende bei ihrem Vater bleiben. Dieser hat glücklicherweise arbeitsfrei und Urlaub und kann sich Zeit für die Kinder nehmen.

Ich schlage nun in Wikipedia das Wort „Symbol" nach. Dann „Symbol 1", „Symbol 2". Und auch alle anderen Zahlen. So erfahre ich die Symbolik der Zahlen 1, 2, 3, 4, 5, 6, 7 und 8. Bei der 8 steht in Wikipedia: „In der christlichen Zahlensymbolik des Mittelalters ist die Acht die Zahl des glücklichen Anfangs, der Neugeburt, des Neubeginns, der geistigen Wiedergeburt, es ist auch die Zahl der Taufe und der Auferstehung. Symbol des neuen Bundes und Symbol des Glücks. Mit dem 8. Tage beginnt eine neue Woche, eine neue Zeit." Mich fasziniert die Symbolik der Zahlen. Ich schaue unter Wikipedia auch das „Unendlichkeitszeichen" nach. Auf dem Cover meines Tagebuches möchte ich die Acht haben. Liegend und in goldener Farbe. Nun ruft Hedwig an. Sie erkundigt sich nach meinen Osterfeiertagen. Sie erzählt vom Arabisch-Kurs. Und dass sie da viel über den Koran lernt. Sie fasziniert, dass auch die Moslems Jesus als Propheten anerkennen. Und der richtige Islam ihn komplett anerkennen muss. Extremismus ist in keinem Islam. Extremismus gab es ja in meiner Kirche auch schon. Immer wenn Menschen unglücklich waren und keinen anderen Ausweg sahen. Ich denke an Inquisition, Kreuzzüge, Hexenverbrennungen, Selbstkasteiungen und sonstige Grausamkeiten und Sinnlosigkeiten. Sinnlosigkeiten, die es auch bei anderen Gläubigen oder den gottlos Gläubigen gibt. Außerdem sieht sie, dass es viele Gemeinsamkeiten in der Religionsausübung gibt. Und dass es Fasten, Gottesdienste, Gemeinschaft und die Hingabe zu Gott auch in dieser Religion gibt. Sowie in vielen anderen Religionen. Sie findet diesen interkulturellen Austausch so wichtig. Der Kurs ist bunt gemischt. Mit gläubigen Menschen, die an keinen Gott glauben. Mit Menschen der verschiedensten Glaubensrichtungen und Lebensstile und Interessen und Wertigkeiten. Trotz mancher Unterschiede gibt es viele Gemeinsamkeiten. Vor allem die, Mensch zu sein. Ich erzähle ihr von der Zahlensymbolik der verschiedenen Kulturen. Habe ich ja gerade im Internet ausfindig gemacht. Sie will die Zahlen auch nachschlagen. Findet das total spannend. Hedwig und Papa hielten an den Ostertagen Kaffeekränzchen mit Nachbarn und Freunden und machten einen Osterspaziergang mit dem Wanderverein. Hedwig backte eine Schwarzwälder Kirschtorte. Ihre Lieblingstorte. Wir verabschiedeten uns.

Mich grinsen immer noch die BWL-Bücher an. Ich meine, sie sind ja eine tote Sache. Allerdings mit einem Inhalt, der es sich in sich hat. Schließlich wird am 03.04.2018 immer noch mit diesen Modellen kalkuliert und die Welt berechnet. Und manches ist total sinnvoll. Ist kreativ ausgeklügelt. Und hat bisher auch funktioniert. Menschen in Deutschland können einigermaßen gut leben. Mal mehr, mal weniger gut. Schrieb ich ja alles schon. Die Versorgung der Menschen mit lebenswichtigen Konsumgütern ist sichergestellt. Allerdings auf Kosten von sozialer Gleichheit und Umweltzerstörung. Und um das zu beheben, wurde ja der Globale Goldpreis eingeführt. Natürlich war es bei der Einführung nicht sicher, ob es funktionieren kann. Ich bin mir auch nicht sicher. In meinem Tagebuch ist das die Lösung von vielen Problemen. Ich hoffe, es gibt noch andere Lösungen. Eine Mahnung für mich ist die grandios gescheiterte DDR und andere Wirtschaftssysteme, bei denen die Leute nicht mehr arbeiten wollten. Die Arbeitsmotivation soll ja erhalten bleiben. Und wie wird nun dieser Blaue Goldpreis konkret umgesetzt?

Ich gebe nun mal wieder, was in den Büchern im April 2017 steht. Und dann, wie sie verändert wurden. Haben sich Entscheidungsträger so ausgedacht. Und Menschen haben es bei einer politischen Wahl als sinnvoll empfunden; sodass sie die Partei auch wählten. Also wurde das demokratisch legitimiert. So eine demokratische Wahl ist ja auch mit Vorsicht zu genießen; denn in der Vergangenheit gab es schon Wahlen mit tödlichem Ausgang für Millionen von Menschen. Jede Entscheidung ist eine schwierige und muss wohlüberlegt sein. Zu den Entscheidungen fällt mir ein, dass es da kein „Jein“ gibt. Es gibt immer nur ein „Ja“ oder ein

„Nein". Jedes Tun ist die Entscheidung, ob ich es tue oder nicht. Und bei jeder Entscheidung sollte nach Gottes Willen gefragt werden. Das sollte der Maßstab sein. Und dann kann ich mit Ja oder Nein antworten. Entscheidungsfindung ist ein schwieriges Thema. Weil da ja auch Fehler passieren können. Sehr viele Fehler. Fehlentscheidungen oder richtige Entscheidungen. In meinem Buch fällte ich die Entscheidung, den Blauen Goldpreis Wirklichkeit sein zu lassen. Und nun stelle ich das Modell vor, wie das Göttliche auf die Erde geholt wird. Das Göttliche ist das Wasser; das alle Menschen verbindet. So wie das Geld das Liebesband ist. Was letztendlich das Göttliche ist, wird mir Gott nach meinem Tod beantworten. Er wird mit mir mein Leben reflektieren. Bis dahin kann ich auf seinen Beistand hoffen und selber reflektieren und entscheiden und tun. Mir fällt das Neue Geistliche Lied ein: „Weil wir nur zögernd entscheiden, mehren sich Unrecht und Leiden. Lass uns dein Wort nicht nur hören, sondern den Frieden vermehren. Du hast Gedanken des Friedens, nicht des Verderbens. Herr, du lässt uns nicht fort, ohne ein Friedenswort." Leider finde ich es gerade in meiner Liedersammlung nicht. So weiß ich den Autor nicht. Bei Gelegenheit werde ich es mit den Kindern und der Gitarre singen. Ein anderer Text fällt mir auch gerade ein: „Der Herr wird nicht fragen, was hast du gespart, was hast du alles besessen? Seine Frage wird lauten: Was hast du getan, wen hast du geliebt, um meinetwillen? Jetzt ist die Zeit, jetzt ist die Stunde, heute wird getan oder auch vertan, worauf es ankommt, wenn er kommt."

Wir reden noch über die aktuelle politische Situation in Deutschland. Dass die Rechten alle gegeneinander aufhetzen. So wie früher die Grafen von den Burgen runterschauten, wenn sich das Volk zermetzelte in sinnlosen Kriegen und Plünderungen. Wie Ameisen mussten die tötenden Menschen von der Burg aus wirken. Eine göttliche Inspiration vonseiten der Kriegsbefehler war sicher nicht dabei. Und in Deutschland ist es so, dass die Linken keine Geldunterschiede wollen. Die soziale Gerechtigkeit wünschen. Das würde nur einen kleinen Teil der Bevölkerung zum Teilen zwingen. Die, die es bisher nicht wollen und nicht einsehen, dass wir alle Kinder Gottes sind. Und dieses Teilen ist der Gewinn. Die sieben Tugenden aus katholischer Sicht werden umgesetzt. Dann reden wir wieder darüber, dass Frau und Mann gleichwertig sind. Und dass es auch ein drittes Geschlecht gibt. Gott hat sich die Menschen eben vielfältig ausgedacht. Und bei genauem Hinsehen erkennen wir das auch. In der Bildsprache des Alten Testaments konnte das noch gar nicht so detailliert zum Ausdruck gebracht werden. Also, das heißt, dass die Menschen es damals noch gar nicht so konkret aufschreiben konnten. Entweder gab es damals ein drittes Geschlecht nicht oder es wurde nicht wahrgenommen. Das dritte Geschlecht hat sich vielleicht erst entwickelt. Oder unsere Wahrnehmung hat sich entwickelt. Je nachdem, wie ich das anschaue. Wir beenden unser Gespräch. Und ich schiele wieder zu den Lehrbüchern rüber.

Nächster Tag

Heute steht ganz viel über die umweltfreundliche Mobilität in der Zeitung. Leute fahren mehr Fahrrad, Zug und Bus. Und Straßenbahn. Öffentliche Verkehrsmittel werden verstärkt benutzt. Ich telefoniere mit Papa. Ich beschwere mich, dass er mir als Kind Fantasien, Lügen und Halbwahrheiten auftischte. Z.B. die Geschichte vom Osterhasten, der die Eier bringt. Oder vom Storch, der die Kinder bringt. Ich konnte damals mit falschen Informationen nicht umgehen. Und fühlte mich von ihm verarscht, als ich die Wahrheit von anderen Personen erfuhr. Das hat mein Vertrauen in seine Ehrlichkeit schon ganz arg erschüttert. Ich erzählte ihm, dass ich manchmal auch Leuten was nicht glaube. Z.B. wenn am Computer etwas nicht funktioniert und angeblich der Router abstürzte. Manchmal habe ich das Gefühl, die Leute beherrschen nur ihren Computer nicht und erzählen dann eine Ausrede, um es sich nicht einzugestehen. Lügen sind jetzt, ab diesem Buch, nicht angebracht; nur noch Ehrlichkeiten und Gewinne. Wenn ich mich belogen fühlte, war ich furchtbar wütend. Das muss ich ab jetzt auch nicht mehr sein.

Hedwig schickte mir am 4.4.2018 über WhatsApp ein Video von Biyon. Es ist unter www.facebook.com.Biyon zu finden. Der Mann rechnet die Weltbevölkerung auf 100 Personen herunter. Sagt, das, wenn ein Mensch geboren wird, gerade einer stirbt. Und nennt dieses Video „Die schockierende Wahrheit über die Welt“. Von diesen 100 Leuten sind 52 Personen Frauen und 48 Personen Männer. 30 Menschen sind Weiße; die anderen sind keine Weißen. 30 Personen sind Christen und die anderen sind Nicht-Christen. 89 Menschen sind heterosexuell; die anderen sind anders. 6 Personen verfügen über 60% des Vermögens. Und diese Personen kommen aus den USA. Nur eine Person hat einen Computer und nur ein Mensch hat einen Hochschulabschluss. Er ruft zur Toleranz und Akzeptanz auf und erklärt noch viele andere Dinge zu diesem Thema. Ich denke mir, dass wir alle eine BWL haben, nach dessen Prinzip auf der gesamten Welt gewirtschaftet wird. Und diese BWL ist der Knackpunkt für Verbesserungen und Veränderungen. Wenn diese Rechnung ein wenig verändert wird, können wir vielleicht mehr Gerechtigkeit und Gleichheit erlangen. Es sollen ja nun die Menschenrechte umgesetzt sein.

Ich denke, dass jeder Mensch auf dieser Erde wirtschaftet. Der Staat als Gemeinschaft von Menschen steuert in Form von Gesetzen und Abgaben. Diese Abgaben nennt man in Deutschland auch Steuern. Auch so lässt sich Gerechtigkeit regeln. Allerdings möchte ich, dass jeder Einzelne verantwortlich handelt. Ich möchte das Übel an der Wurzel anpacken. Das Übel von vornherein vermeiden. Das kann ich mir vorstellen wie in meinem Garten. Manche Pflanzen haben zwar etwas auf der Wiese, aber nicht in meinem Gemüsebeet verloren. Da sollen die Gemüsepflanzen gedeihen. Darum hacke ich die Wildkräuter unter. Auf der Wiese oder am Rand stören sie mich nicht. Vielleicht sollte ich auch ein Lehrbuch mit reinen Formeln schreiben. Das nenne ich dann: „Ach du grüne Neune“. Es ist ja dann mein neuntes Buch. Das überlege ich mir noch. Noch schreibe ich ja das Tagebuch „Gewinne“.

Und nun endlich: Ich schnappe mir das Lehrbuch von Karin Nickenig „Grundkurs Kosten- und Leistungsrechnung. Schneller Einstieg in die unternehmerische Kalkulation“. Der Inhalt sind die Grundlagen des Rechnungswesens, Begriffspaare, Kalkulatorische Kosten, Kostenartenrechnung, Kostenstellenrechnung, Kostenträgerrechnung; Maschinenstundensatz-Berechnung, Zuschlags- und Handelskalkulationen, Deckungsbeitragsrechnung.

Auf Seite 134 ist ein Schema zur Handelskalkulation erklärt. Ich lernte das schon in der Realschule. Rechnete nach diesem Schema rauf und runter; in Prozent und in Geldeinheit. Die Geldeinheit ist jetzt der Euro. Damals war es noch die Mark. Ich werde nun dieses allgemeine Schema zur Handelskalkulation abschreiben. Und so einen Bruttolistenverkaufspreis ermitteln.

Listeneinkaufspreis
+ Lieferantenrabatt
Zieleinkaufspreis
- Lieferantenskonto (v.H.)
Bareinkaufspreis
+ Bezugskosten
Bezugspreis (Einstandspreis)
+ Gemeinkosten (Handlungskosten)
Selbstkosten
+ Gewinnzuschlag
= Barverkaufspreis (ab hier: i.H.)
+ Kundenskonto (in % angegeben)
+ Vertreterprovision (i.H.)
= Zielverkaufspreis
+ Kundenrabatt (i.H.)
= Listenverkaufspreis (netto, exklusive Umsatzsteuer)
+ Umsatzsteuer (v.H.)
Listenverkaufspreis (brutto, inklusive Umsatzsteuer)

Frieda erzählte mal, dass ihr Kiosk megaprofessionell geführt wird. Und die Produkte nach diesem Schema berechnet werden. Allerdings macht das das Büro. Sie verkauft lediglich und erledigt die ganzen Nebenarbeiten wie Einräumen, Saubermachen und Bestellen. Die Bestellung läuft anhand von Computervorschlägen. Und sie muss die Abrechnungen von dem Lottoterminal und dem Paketversand und der Allgemeinen Kasse herauslassen. In der Früh fährt sie die Geräte hoch. Abends macht sie den Kassenabschluss und fährt die Geräte wieder herunter. Weil sie ja nur aushilfsweise da arbeitet, macht sie manche Arbeiten auch nicht so oft. Sie stört es, dass bei dem Paketversand ein einheitlicher Preis für Deutschland berechnet wird. Das Paket wird nach Gewicht, Größe und Bestimmungsland berechnet. Die Entfernung wird dabei überhaupt nicht beachtet. Sie nervt das ungemein. Weil mit einer weiteren Entfernung auch mehr Energieaufwand notwendig ist. Sie regt sich auch über den Mindestlohn im Laden auf. Für Vollzeitarbeitskräfte ist es eine harte Nuss. Das Geld reicht oft vorne und hinten nicht. Sie findet, dass der Mindestlohn höher angesetzt werden müsste. Allerdings ist nicht klar, ob sich das nach den geltenden Regelungen für den Unternehmer rechnet. Weil die Kosten schließlich gedeckt sein sollen. Und da hat sie keinen Einblick. Sie findet, dass der Unternehmer maximal zwanzigmal mehr als ein Angestellter haben sollte. Ich finde das nicht. Für mich soll jeder Mensch gleich viel Geld verdienen. Kein Wohlstand kann alleine erwirtschaftet werden. Auch Führungsmenschen mit guten Ideen brauchen fleißige, zuverlässige Zuarbeiter. Und weil jeder ein Kind Gottes ist, sollte auch jeder Mensch gleich viel verdienen und besitzen. Nach Jesus sollen wir wie Brüder und Schwestern auf der Erde leben. Folgendermaßen beten: „Vater unser im Himmel, geheiligt werde dein Name. Dein Reich komme. Dein Wille geschehe, wie im Himmel so auf Erden." Also Gott lebt im Himmel und auf Erden könnten wir uns auch den Himmel schaffen, wo Gott leben könnte. Er kann auf jeden Fall in unseren Herzen wohnen. Dann würden wir uns gleich viel zugestehen und auch die Menschenrechte einhalten. Im Moment scheint es so zu sein, dass die Erde wirklich nicht der Himmel ist. Aber dazu gemacht werden kann. Und das überlässt uns Gott. Ich könnte auch sagen, Gott ist im Urlaub im Himmel und wir können mit ihm im Herzen verbunden sein und immer an ihn denken. Dann ist er ja da. Auf jeden Fall ist es so, dass Gott vom Himmel aus kaum in die Geschehnisse auf der Erde eingreift, und wir die Erde selber gestalten können. Jesus sagte uns, wie wir uns verhalten sollen. Weswegen Gott uns diese Freiheit lässt, weiß ich nicht. Es ist aber so. Er hat uns so geschaffen. Er wollte es so haben. Und nun können wir als Schwestern und Brüder leben. Wenn ich sage, dass meine Kinder gleichwertig behandelt werden, gebe ich ihnen das Gleiche. Es hat jeder ausreichend zu essen. Jeder hat gesundes Essen. Nicht der eine viel Obst und Gemüse und hochwertige Öle, während die anderen sich aus Kostengründen von Nudeln und Ketchup ernähren müssen. Oder ihr Essen von der Tafel holen müssen. Es hat jeder schöne Kleidung. Die kann ich auch kaufen. Kein Kind muss zur Kleidungskammer gehen und abgelegte Klamotten von reichen Kindern tragen. Wobei die Wiederverwertung von gebrauchter Kleidung sinnvoll ist und ich meine Kleinkinder auch mit diesen Klamotten ausstattete. Alle Kinder dürfen mit in den Urlaub fahren. Ich würde mich schämen, eines zu benachteiligen oder eines zu bevorteilen. Jeder soll gleich viel haben. Bis zum heutigen Tag ist diese Gleichstellung nicht üblich. Nicht alle Kinder waren schon mal im Ausland. Ich erst bei der Klassenabschlussfahrt mit der Schule. Dabei hätte das meiner Bildung garantiert nicht geschadet. Eine Woche im Ausland hätte wahrscheinlich so viel bewirkt wie ein halbes Jahr Theorieunterricht in der Schule. Ebenso hätte ein Schüleraustausch etwas bewirkt. Was ich jedoch nicht hatte. Manche anderen auch nicht. Nachhilfe fanden meine Eltern nicht notwendig. Mittel stellten sie dafür nicht bereit. Erklärt wurde mir wegen eigener fehlender Kenntnisse auch nichts. Das ist ja nun anders. Chancengleichheit soll nicht nur auf dem Papier stehen, sondern auch Realität sein. Schmarrn soll nicht mehr unterrichtet werden. Weltweite Schemata von Wirtschaften, die mehr gelten als die Bibel. Jeder Paketversand hat sein eigenes Formelblatt und seine eigenen Rechenprinzipien, wie ein Paket aussehen soll, um transportiert zu werden. Es gibt Rechenbücher, die alle nach dem gleichen Schema aufgebaut sind. Und bisher machen sich zu wenig Menschen Gedanken darüber, ob das auch sinnvoll ist. Ist es nicht. Darum dieses achte Buch. Wobei ich immer hoffe, dass du ein besseres Berechnungsschema auf die Beine stellst. Ich weiß, dass ich viele Gedankensprünge mache. Aber ich habe auch nie behauptet, dass ein Tagebuch einfach sein muss. Doch zurück zum Rechnungswesen.

Jetzt will ich mich wieder auf mein Berechnungsschema konzentrieren.

Wenn ein Unternehmer produziert, kann ein ähnliches Berechnungsschema angewendet werden. Es befindet sich in diesem letztgenannten Buch auf Seite 30. Um die Selbstkosten pro Einheit und pro Betrachtungsperiode zu berechnen, kann eine Vollkostenrechnung erstellt werden. Bei der Vollkostenrechnung werden sämtliche fixe und variable bzw. alle Einzel- und Gemeinkosten auf den Kostenträger verrechnet.

Das Schema schaut so aus:
Materialeinzelkosten
+Materialgemeinkosten
= Materialkosten (gesamt)
Fertigungseinzelkosten
+ Fertigungsgemeinkosten
= Fertigungskosten (gesamt)
Herstellungskosten
+ Vertriebs- und Verwaltungskosten
= Selbstkosten
+ Gewinn/(wenn Unternehmer Pech hat: Verlust)
= Verkaufspreis netto

Ich wandelte das Schema im Buch leicht ab; denn im Buch steht, dass die Erlöse schon feststehen, und nun ein Gewinn und ein Verlust ausgerechnet werden kann. Und einen Verlust will ja ein Unternehmer nur selten haben; wenn er das Produkt als Beimischung für andere, gewinnträchtige, Produkte braucht. Aber eigentlich ist ja immer der Gewinn das Ziel. Und der Gewinn ist für mich der Schlüssel für ethisches Wirtschaften. Weil der Kapitalismus nach Gewinnmaximierung strebt und diese Gewinne rein mathematisch, nach Prozentpunkten, berechnet werden. Ethische Prinzipien sind in dieser Gewinnermittlung leider nicht vertreten. Rein gar nicht. Und diese Gewinnspannen sollen in meinen Augen nun Unternehmer und der Staat festlegen. Es gibt dafür Tabellen, was an Gewinnen möglich ist und wie diese Gewinnspannen berechnet werden. Jeder und jede kann nun diese Gewinnspanne selber ermitteln. Die Basis hierfür sind die allgemeinen Menschenrechte. Zum hundertsten Mal sage und schreibe ich das.

Ich habe noch ein Lehrbuch vor mit liegen. Die zwei Wirtschaftsprofessoren Däumler und Grabe schrieben es. Ich vertippte mich und schrieb Leerbuch. Das ist wirklich nur ein Tippfehler. Denn die Grundlagen, die darin stehen, haben weiterhin Bestand. Es soll nur die Gewinnermittlung verändert werden. Als einfache Handhabung. Für alle Menschen verständlich und einfach einführbar. Das vorliegende Buch heißt „Grundlagen der Investitions- und Wirtschaftlichkeitsrechnung". Es geht um die Grundlagen der Investitionsrechnung. Um dynamische Verfahren wie die Kapitalwertmethode, interne Zinsfuß-Methode, Annuitätsmethode. Es geht um statistische Verfahren, Amortisationsrechnung, kritische Werte-Rechnung (Break-even-Analyse). Ziel jeder Investitionsrechnung ist schließlich, auch einen Gewinn einzufahren. Also bin ich wieder beim Gewinn. Egal was und wie ich finanziere, möchte ich am Ende einen ethischen Gewinn. Das Ziel ist, keine Sünden mehr beim Wirtschaften zu begehen und neue Sünden gar nicht erst entstehen zu lassen. Die Gewinnermittlung ist jetzt nicht nur eine rechnerische Größe, sondern auch ein ethischer Maßstab.

Jetzt werde ich mir die Menschenrechte noch mal durchlesen. Ich las sie ja schon öfter und schrieb darüber. Ich habe sie auf meine Art auch verinnerlicht. Im Internet schlage ich die Seite „United für human rights" auf. Der Untertitel lautet: „Verwirklichung der Menschenrechte". In dem Video werden in englischer Sprache Fragen nach den Menschenrechten gestellt. Und am 4.4.2018 wurde in dem Film auch darüber gesprochen, wie viele Menschen täglich verhungern, wie viele Sklaven es auf der Welt gibt, wie viele

Menschen in Gefängnissen sitzen, Wie viele Menschen auf der Flucht oder in Kriegsgebieten sind. Und andere Grausamkeiten wurden aufgezählt. Ich konzentrierte mich nicht mehr darauf. Schließlich soll das ja ein Zukunftsbuch mit positiven Schlagzeilen sein. Der Film endet mit der Frage, wo die Menschenrechte beginnen. Und das Filmchen endet mit der Antwort: da, wo ein Mensch sich aufhält. Also bei jedem Menschen. Ich lese nun die Menschenrechte bei Wikipedia nach. Es ist vor allem ein Recht auf Leben; das für alle Menschen gleich ist. Ich denke mir, dass es Menschen gibt, die sich mehr nehmen, als ihnen zusteht und darunter andere leiden. Der Satz „Liebe deinen Nächsten wie dich selbst" wurde nicht beherzigt. Da bin ich mal wieder in der Wiederholungsschleife mit meinen anderen Büchern.

Und weil mein Handy an ist, horche ich auf, als mir der Sing-Sang-Ton meines Handys eine Nachricht ankündigt. Ali, der gleichaltrige Partner meiner Tochter, hat mir einen Text gesendet. Der Text ist an die Bibel angelehnt. Er ist im Internet zu finden und ich kenne den Verfasser oder die Verfasserin nicht. Der Text lautet: „Joh. 10,10 Gottes Gnade

Ich frage mich, wie viele Menschen diese Nachricht löschen werden, ohne sie überhaupt zu lesen, nur aufgrund des Titels. Es ist traurig, aber die Nachricht ist wahr. Ich hoffe, ihr seid von der Geschichte genauso gesegnet wie ich.

Da war einmal ein Mann namens George Thomas. Ein Pastor in einer kleinen Ortschaft in New England. An einem Ostersonntagmorgen kam er mit einem alten rostigen Vogelkäfig und stellte ihn auf das Rednerpult. Augenbrauen wurden fragend hochgezogen und als Antwort begann der Pastor zu sprechen: „Ich bin gestern durch den Ort gegangen und sah einen kleinen Jungen entgegenkommen, der diesen Vogelkäfig schwang. Auf dem Boden des Käfigs saßen drei kleine wilde Vögel, zitternd vor Angst und Kälte. Ich hielt ihn an und fragte: ‚Was hast du da, mein Sohn?' ‚Nur ein paar alte Vögel,' kam die Antwort. ‚Was hast du mit denen vor?', fragte ich. ‚Ich bringe sie heim und werde meinen Spaß mit ihnen haben', antwortete er. ‚Ich werde sie etwas ärgern, ihnen Federn ausrupfen und sie kämpfen lassen. Ich werde eine tolle Zeit haben.' Ich fragte: ,Und wenn du nachher keine Lust mehr auf sie hast. Was wirst du dann tun?' ,Oh, ich hab einige Katzen', sagte der Junge. ,Die mögen Vögel. Denen werde ich sie geben.'

Der Pastor verstummte einen kurzen Moment. Dann fuhr er fort: ,Wie viel möchtest du für diese Vögel haben, mein Sohn?' Der Junge erwiderte: ,Huh??!!! Warum? Du möchtest diese Vögel nicht haben. Das sind gewöhnliche alte Feldvögel. Die singen nicht und sind nicht einmal hübsch.' ,Wie viel?', fragte der Pastor wieder. Der Junge musterte den Pastor, als ob er verrückt wäre und sagte: ,$10?' Der Pastor griff in seine Tasche und zog einen Zehn-Dollar-Schein hervor. Er platzierte ihn in die Hand des Jungen. Augenblicklich war der Junge weg.

Der Pastor hob den Käfig auf und trug ihn vorsichtig zum Ortsrand, wo ein Baum und eine Wiese waren. Er stellte den Käfig ab, öffnete die Käfigtür und durch leichtes Klopfen an die Gitterstäbe jagte er die Vögel nach draußen und ließ sie frei. Gut, das erklärt jetzt den leeren Vogelkäfig auf dem Rednerpult. Dann begann der Pastor folgende Geschichte zu erzählen: ,Eines Tages hatten Satan und Jesus ein Gespräch. Satan kam grad vom Garten Eden und war voller Schadenfreude am Prahlen. ,Ja, Sir. Ich hab grad eine ganze Welt voller Menschen dort gefangen. Ich hab Fallen gestellt, sie gelockt und sie konnten nicht widerstehen. Hab sie alle!' ,Was hast du mit ihnen vor?', fragte Jesus. ,Oh, ich werde meinen Spaß mit ihnen haben! Ich werde ihnen das Heiraten und Scheiden beibringen. Wie man einander hasst und sich ausnutzt. Wie man säuft, raucht und flucht. Ich werde ihnen zeigen, wie man Pistolen und Bomben erfindet und sich gegenseitig tötet. Ich werde wirklich viel Spaß haben!' ,Und was wirst du tun, wenn du fertig bist mit ihnen?', fragte Jesus. ,Oh, ich werde sie umbringen', strahlte Satan stolz. ,Wie viel willst du für sie haben?', fragte Jesus. ,Oh, du willst diese Leute nicht haben. Die sind nicht gut. Warum? Du wirst sie nehmen und sie werden dich hassen. Sie werden dich anspucken, verfluchen und dich töten. Du willst diese Menschen nicht haben!!' ,Wie viel?', fragte er wieder. Satan schaute Jesus an und spottete, ,dein ganzes

Blut, deine Tränen und dein Leben.' Jesus sagte: ‚GEKAUFT!' Und dann zahlte er den Preis.

Der Pastor nahm den Käfig und verließ das Pult.

Ich bete für jeden, der diese Nachricht weiterleitet, ob seinem gesamten Adressbuch oder nur einigen Kontakten, dass Gott sie auf besondere Art segnet. WAS WIRST DU MIT DIESER NACHRICHT MACHEN?"

Ich überlege kurz und finde den Text so passend zu Ostern und zum Jahreskreislauf und unserem Leben, dass ich ihn an alle meine Kontakte versende.

Nächster Tag

Meine Freundin Ariane brachte mir ein kleines Osternestchen, nachträglich zu Ostern, vorbei. In dem Osternest lag ein kleines Büchlein. Es heißt „Das Glück blüht mittendrin" und ist vom Verlag Am Eschbach. Auf dem Cover ist ein Blütenmandala fotografiert. In der Mitte ist ein Gänseblümchen. Dann folgt ein kleiner Kreis Hahnenfuß. Dann ein Kreis pinker kleiner Blüten. Dann ein Kreis Rapsblüten und ganz außen ein Gänseblümchenkranz. Allerdings ist es nicht ganz symmetrisch, sondern lebendig angeordnet. Sie legte auch Fotos von ihr hinein. Sie legte auch Blütenkränze und fotografierte sie für mich. Auch ein Mandala mit bunten Rosenblüten. Dann legte sie auf einem Foto aus Blüten das Wort „Glück". Und mit Rosenblüten legte sie auch das Wort „Gewinne". Ich blättere das Heftchen durch. Und finde das Gedicht „Zeitzonen" von Marion Schmickler-Weber. Es lautet: „Lass der Vergangenheit die Erinnerungen. Der Zukunft die Überraschungen. Der Gegenwart die Lebendigkeit". Von Andrea Abele ist der folgende Kurztext enthalten: „Dem Glück einen Namen geben." Er lautet so: „Vergangenes versöhnt betrachten. Gegenwärtiges bewusst wahrnehmen. Zukünftiges sorgenfrei erwarten. Wenn alles zusammen in dir zu sprühen beginnt, beginnt das Glück." Und es liegt auch ein kleiner Blumentopf mit Erde und einem Gänseblümchen dabei. Etwas Reales und Lebendiges. Ich bedankte mich bei ihr mit einer Umarmung.

Heute war ich mit den Zwillingen Klamotten kaufen. Sie zankten die meiste Zeit, weil Tobi meinte, mehr Hosen zu besitzen als Nina. Und darum sollte ich Nina nur zwei kaufen. Und er wollte fünf. Ich war dann schon genervt; vor allen Dingen kaufe ich jedem immer gleich viel. Und fand es eine komische Unterstellung, dass ich ungleich einkaufe. Das ging dann den ganzen Tag zwischen den beiden. Ein gemütliches Essen war beim Einkaufen auch nicht drin; weil Tobi heimwollte und dann die meiste Zeit bockte. Daheim beruhigten sie sich. Daheim schafften sie es sogar irgendwann. die Anzahl der schwarzen Sporthosen gerecht aufzuteilen. Gerecht heißt, dass nun jeder die hat, die er braucht. Und das war die Anzahl geteilt durch zwei. Weil es braucht ja jedes Kind einen gewissen Mindestsatz, um ordentlich gekleidet zu sein. Über ihre Lösungsstrategie war ich froh. Ein bisschen stolz war ich dann schon, als sie das dann endlich geschafft hatten. Gerädert war ich aber auch. Und wie.

Abends dachte ich dann noch mal über die Geschichte nach, als Jesus die Händler aus dem Tempel warf. Aus dieser Geschichte bin ich noch nicht ganz schlau geworden. Warum machte Jesus das? Er sagt in einem Evangelium: „Ihr seid der Tempel des Heiligen Geistes. Ich will keine Räuberhöhle haben im Haus Gottes." Und in meinen Augen haben wir an diesem Schreibtag immer noch eine Räuberhöhle und sind nicht das Haus Gottes. In einer Räuberhöhle nimmt einer den anderen was weg. Im digitalen Zeitalter könnten wir die soziale Planwirtschaft perfekt verwirklichen. Leider wurde der Sozialismus von den Deutschen nicht richtig verstanden und konnte nicht umgesetzt werden. Es fehlten die geeigneten Führungskräfte und die Religion. Über diese Schande schreibe ich nicht mehr. Und jetzt ist so, dass sich die Leute, die mehr als andere haben und sie übervorteilen, sich nicht mal schämen. Sogar ein Fremdschämen bleibt aus. Und das ist Herzenssache. Dabei gibt es so viele andere Dinge, aus denen wir unsere Lebensfreude schöpfen könnten. Wir bräuchten uns nicht finanziell vergleichen und uns wirtschaftlich die Beine brechen. Uns gegenseitig kreuzigen. Unsere Intelligenz auf den Prüfstand stellen. Es ist nicht mehr notwendig, Menschen finanziell die Luft zum Atmen zu rauben; während andere die Luft durch ihren Luxus (Verkehr usw.) verpesten. Menschen behandeln sich würdevoll. Darum steht als Schlagzeile darin:

„Menschen nehmen sich mit Würde an. Es gibt kein gegenseitiges Verarschen, keine Keule und Würdelosigkeit mehr."

Ach ja. Ich erinnere mich an ein Gespräch mit Papa. Er erzählte, wie im Mittelalter alle glaubten, sie hätten unterschiedliche Stände. Und wie sich die Menschen einschränkten beim Verlieben. Sich aber nicht einschränken ließen. Die Könige mit ihren Geliebten Vorbilder waren. Und was er immer noch nicht begreift, wie sich die Leute gegenseitig in Schlachten abschlachteten und die Burgherren von ihrer Burg runterschauten. Sie sogar gegeneinander aufhetzten. Er sieht das heute bei den rechten Gruppierungen in Europa. Hier wird Klein gegen Klein aufeinander gehetzt. Und nun werden Fluchtursachen gesucht und es wird alles getan, dass weltweit die Menschen würdig leben können. In Deutschland gibt es eine rechte Partei im Bundestag; die auch von sehr gut Betuchten mitbegründet wurde. Weswegen diese reichen Menschen nicht eine linksgerichtete Partei unterstützen, ist mir kein Rätsel mehr. Da denke ich wieder gern an Papa, der sagte, dass sich die Leute noch nie die richtigen Führungskräfte rausgesucht haben. Das erkennt er aber erst immer im Rückblick. Im Moment scheinen es sich manche Führungskräfte echt zu leicht zu machen. Na ja, in der Bibel heißt es: Die Ersten werden die Letzten sein. Ich laufe auch hinter meinen Kindern ins Haus hinein und schließe die Tür ab. Und kümmere mich um sie. So kann alles sein. Das bedeutet, dass es keine willigen Befehlsempfänger mehr geben wird. Keine Unterdrücker. Keine billigen Arbeitssklaven. Keine Ausbeuter. Blinde Flecken der Bildung sind stark verringert oder gar nicht mehr da. Absolute Chancengleichheit. Damit hat die Kirche auch ein ganz neues

Aufgabengebiet bekommen. Der Fehler, als Feuerwehr für finanzielle Ungleichheit mit Pseudohilfsprogrammen in die Bresche zu springen, ist beseitigt. Der Begriff des ehrbaren Kaufmanns, der ehrbaren Kauffrau hat endlich Substanz.

Nächster Tag

Michaela pinselte mit großen Buchstaben an ihre Zimmerwand: Wir leben miteinander. Wir lieben uns. Wir machen Fehler; wir verzeihen uns. Wir haben Spaß miteinander. Wir tanzen, singen, lieben und lachen. Wir sind glücklich. Wir glauben an uns. Wir sind eine tolle Familie!

Ich bin ein wenig überrascht über ihren Text. Mir gefällt der Satz „Wir glauben an uns". Der Satz irritiert mich aber auch ein wenig. Eigentlich glaube ich ja zunächst an Jesus. Das ist meine Leitfigur. Er sagte den Satz: „Wo zwei oder drei in meinem Namen beisammen sind, da bin ich mitten unter ihnen." Wir sind ja Christen in der Familie. Und sind zusammen. Darum glauben wir auch an uns und unsere Gemeinschaft. Darum kann ich den Satz dann doch positiv stehen lassen. Und nicht noch weiter kommentieren. Das erklärte ich auch Michaela so. Und Jesus möchte ja auch eine große Menschheitsfamilie auf der Erde haben. Er sieht Familie als etwas Positives. Als Gemeinschaft, die sich liebt und das Beste für sich will. Sich nahe ist. Teilt. Jede und jeder ist gleich, gleich viel wert und das muss auch finanziell ausgedrückt werden. Es gibt als Gotteskind keine materiellen Unterschiede. Nur für Gleichheitsdenken gibt es Anlass. Unterschiede bei der Behandlung von Menschen sind von Menschen gemacht und sind ein völlig veraltetes Denkschema. Es passt nicht in das biblische Bild von der Familie und sich-mögen.

Von der Insel-Bücherei liegt nun eine Allgemeine Erklärung der Menschenrechte vor mir. Es sind auch Radierungen in dem

Buch. Ich lese noch mal die Präambel. Und dann den ersten Artikel von 30 Artikeln. Ich gebe ihn hier noch mal wieder:

Artikel 1 Freiheit, Gleichheit, Brüderlichkeit
Alle Menschen sind frei und gleich an Würde und Rechten geboren. Sie sind mit Vernunft und Gewissen begabt und sollen einander im Geiste der Brüderlichkeit begegnen.

Der zweite Artikel ist total spannend.
Artikel 2

1. Jeder Mensch hat Anspruch auf die in dieser Erklärung verkündeten Rechte und Freiheiten, ohne irgendeine Unterscheidung, wie etwa nach Rasse, Farbe, Geschlecht, Sprache, Religion, politischer und sonstiger Überzeugung, nationaler oder sozialer Herkunft, nach Eigentum, Geburt oder sonstigen Umständen.
2. Weiter darf keine Unterscheidung gemacht werden auf Grund der politischen, rechtlichen oder internationalen Stellung des Landes oder Gebietes, dem eine Person angehört, ohne Rücksicht darauf, ob es unabhängig ist, unter Treuhandschaft steht, keine Selbstregierung besitzt oder irgendeiner anderen Beschränkung seiner Souveränität unterworfen ist.

Also, die Unterscheidung nach Eigentum, die es gerade am 12.04.2018 noch gibt, gibt es ab jetzt nicht mehr. Eine materielle Gleichheit wird angestrebt. Dann hat jeder auch die finanziellen Freiheiten zu leben, wie es ihm gefällt und wie es in Gottes Sinne richtig ist. Finanzielle Beschränkungen, die sein ganzes Leben einschränken, fallen weg. Der Artikel 1 besagt, dass wir gleich an Würde und Rechten geboren werden. Das schließt die finanzielle Gleichheit mit ein. Wir Menschen haben Vernunft und Gewissen und begegnen uns im Geist der Brüderlichkeit. Das bedeutet im Geist der Schwesterlichkeit. Oder der Geschwisterlichkeit. Mann und Frau sind gleichberechtigt.

Artikel 3 Recht auf Leben und Freiheit
Jeder Mensch hat das Recht auf Leben, Freiheit und Sicherheit der Person.

Artikel 4 Verbot der Sklaverei und des Sklavenhandels
Artikel 5 Verbot der Folter
Artikel 6 Anerkennung als Rechtsperson
Artikel 7 Gleichheit vor dem Gesetz
Artikel 8 Anspruch auf Rechtsschutz
Artikel 9 Schutz vor Verhaftung und Ausweisung
Artikel 10 Anspruch auf rechtliches Gehör
Artikel 11 Quivis censetur innocens; hulla poena sine lege#
Artikel 12 Freiheitsphäre des Einzelnen
Artikel 13 Freizügigkeit und Auswanderungsfreiheit
Artikel 14 Asylrecht
Artikel 15 Recht auf Staatsangehörigkeit
Artikel 16 Freiheit der Eheschließung, Schutz der Familie
Artikel 17 Gewährleistung des Eigentums
Artikel 18 Gewissens- und Religionsfreiheit
Artikel 19 Meinungs- und Informationsfreiheit
Artikel 20 Versammlungs- und Vereinsfreiheit
Artikel 21 Allgemeines, gleiches Wahlrecht
Artikel 22 Soziale Sicherheit
Artikel 23 Recht auf Arbeit und gleichen Lohn, Koalitionsfreiheit
Artikel 24 Erholung und Freizeit
Artikel 25 Soziale Betreuung
Artikel 26 Kulturelle Betreuung, Elternrecht
Artikel 27 Freiheit des Kulturlebens
Artikel 28 Angemessene Sozial- und Internationalordnung
Artikel 29 Grundpflichten
Artikel 30 Pflicht zur Einhaltung dieser Rechte und Freiheiten

Ich will nun diese Artikel nicht genauer kommentieren und auch nicht vollständig wiedergeben. Sie können im Internet nachgelesen werden. Ich möchte nur hinweisen, dass Menschen ein Wesen der Transzendenz sind. Ich möchte auf dieses transzendente Bewusstsein aufmerksam machen. Ich sehe darin den Schlüssel für Veränderungen und für Verbesserungen. Jesus sagte auch, dass ich, und alle anderen Menschen, ihm nachfolgen sollen. Dazu gibt es die verschiedenste Wege. Und nach sinnvollen Möglichkeiten zu suchen und die Menschenrechte umzusetzen, halte ich für eine sehr gute Idee.

In meinen Augen sind alle Menschen gleich. Es gibt Unterschiede in den Fähigkeiten und der Motivation. Aber es gibt keine Entschuldigung für die Behauptung, es gibt Unterschiede als Menschen und der Mensch muss sich nicht an die Menschenrechte halten. Es gibt nur Gründe, sich an die Rechte und Freiheiten zu halten. Jeder und jede kann jedermanns Lehrerin sein. Es braucht kein Kontrollregime, sondern nur Erklärungen, weswegen was sinnvoll ist. Es braucht keine Halbwahrheiten oder Halbwissen, sondern ganze Wahrheiten und echten Austausch mit den Betroffenen.

Leider mache ich jetzt wieder Gedankensprünge. Und ich wiederhole mich. Vielleicht ist das anstrengend. Ein Mitmachbuch zu schreiben ist jedoch auch nicht einfach. Ich brauche Gottes Wort, das mir Führung und Halt gibt.

Was brauchst du, um andere Menschen gleich zu behandeln und dich gleich zu sehen?

Alle Menschen gleich zu sehen, halte ich für einen echten Gewinn. Ein echter Gewinn ist auch die Verwirklichung der Menschenrechte. Sich als Familie zu begegnen ist der Gewinn. Ein Gewinn ist auch, mit der Natur im Einklang zu leben und sich seine natürlichen Lebensgrundlagen zu erhalten. Das magische Fünfeck der Wirtschaft: außenwirtschaftliches Gleichgewicht, Vollbeschäftigung, Geldwertstabilität, Umwelterhaltung und Soziales im Gleichgewicht zu halten. Es um das transzendente Bewusstsein zu erweitern. Nur Gewinne zu erzielen. Eine „Win-win-Situation für die kommenden Generationen. Sein eigenes Herz zu weiten und warmherzig zu sein. Warmherzigkeit ist aufgrund des Wirtschaftssystems gar nicht möglich. Wir sind ja manchmal, unbewusst, wie Aasgeier.

Wie soll nun das weltweite Berechnungsschema zur positiven Gewinnermittlung und zum ethisch richtigen Wirtschaften aussehen?

Wichtig ist mir ja immer, dass die Börse abgeschafft wird. Fast jede Art von Bankprodukten nicht existieren. Grundeinkommen vorhanden ist. Es keine Zinsen gibt. Und jeder und jede in einem gerecht verteilten Rahmen Eigenkapital besitzt. Es ist wichtig, dass nur das Nötigste produziert wird; um Ressourcen zu schonen. Die Umwelt nicht unnötig belastet wird. Viel Energie in die Selbstversorgung, in soziale Kontakte und die Künste und Religion fließt. Das setzt voraus, dass jeder und jede arbeitet. Zu gleichen Stunden oder auch mehr. Klimaerhaltung ist wünschenswert. Geld soll als Tauschmittel erhalten bleiben. Es ist die Umrechnung der Liebe zueinander und zu allen Lebewesen dieser Erde. Ich befürworte ökologische Landwirtschaft und einen eigenen Garten zur Selbstversorgung. Auch hier gibt es Abhandlungen von mir. Und Lösungsvorschläge.

Was denkst du? Wie kann eine Gewinnermittlung aussehen?

Ich denke, dass die Gewinnermittlung in Tabellenform geschrieben werden sollte. Dies können Politiker tun oder leitende Mitarbeiter in Unternehmen. Da in den westlichen Demokratien das Problem in der Vergangenheit bestand, dass Lobbyisten die Politiker bezahlten oder gar die Gesetzesvorlagen schufen, bin ich dafür, dass jeder Mensch das Berechnungsschema kapiert. Eine Verzahnung von Wirtschaft und Politik wird es nicht mehr geben.

Obwohl ich nicht zu sehr abschweifen möchte, mache ich es trotzdem. In meinem Kopf ist immer ein wenig Chaos, das in eine Systematik gebracht werden will. Das will ich auch tun. Also nun zu den Abschweifungen. Seit einiger Zeit macht unsere Katze die Wohnung wieder zum Klo. Ich bemerkte das erst vor Kurzem und ich weiß nicht, warum die Katze das macht. Und im Gegensatz zu uns Menschen spricht sie nicht mit mir und es ist schwierig für mich, die Ursache für ihr Verhalten zu eruieren. Manchmal weiß ich gar nicht, wo die geruchsintensivste Stelle ist. Und das nervt mich dann. Ich kann nur raten und putze dann das ganze Eck.

Heute entspannte ich lange in der Sonne im Liegestuhl. Ich kam mir vor, als hätte ich das Lebensgefühl meiner Jugend. Und das lockere Leben wie in jungen Jahren. Die warme Sonne tat mir echt gut. Am Nachmittag begleitete ich die Zwillinge zu einem Fußballspiel. Mit den anderen Eltern waren es angenehme und politische Gespräche. Ein bisschen Politisieren muss sein. Ein bisschen Philosophieren auch. In der Früh ging ich zur Gesangsstunde zu Marietta. Wir redeten wieder darüber, dass in vielen Kulturen der Glaube Wirklichkeit ist. Z.B. wird der Dalai-Lama über Fragen ermittelt. Er ist ein Kind und wird als der Richtige erkannt, und bekommt dann eine gute Ausbildung. Für die Tibeter ist ihr Glaube die Wahrheit. Und darum ist alles wahr. Auch wenn das auf uns sonderbar wirkt. Marietta gab mir einen Text von einem Mann, der sich mit dem Schamanentum befasst und den Träumen. Ich denke auch, dass es ein kollektives Bewusstsein gibt, das sich in den letzten Jahren der Menschheitsgeschichte entwickelt hat. Wenn es so etwas gibt, ist es mit Geld nicht zu fassen und alle Berechnungen wirken daneben kleinkariert. Der Text heißt „Träume meine Seele". Der Text ist von Carlo Zumstein. Die Melodie von Horst Nagel. Ich werde den Text nun abdrucken:

„Träume, meine Seele und singe meinen Traum! Fliege, meine Seele, verlasse Zeit und Raum! Singe, meine Seele, und träum' mein Leben mir! Singe, meine Seele, meine Stimme geb' ich dir! Das Meer und der Wind singen mit!"

Ich sang das Lied, brachte es aber in einen anderen Kontext. Mir gefällt es, Sachverhalte und Texte in einen anderen Zusammenhang zu stellen. Das anders zusammenzufassen. Es geht nicht nur darum, den Traum zu singen, sondern auch, der Traum zu sein. Den Traum auch umzusetzen. Der Traum ist die Realität.

Nächster Tag

Nun werden die Gewinne erweitert berechnet. Es wird, ich sagte es ja schon oft, der gleiche Stundenlohn bei der Fertigung angerechnet. Jede Arbeit ist gleich viel wert. Die Motivation ergibt sich aus dem Glauben an Jesus; aus dem Glauben an die Menschenrechte und die Gleichheit aller Menschen. Das ist Herzenssache. Für die maximal etwa 100 Jahre, die ich auf dieser Erde verbringe, bin ich mir meiner Kleinheit bewusst und nehme mich als Kind Gottes wahr. Für Arroganz und Gier bleibt kein Raum.

Für Konsumartikel wird auch eine niedrige Gewinnspanne in der Kalkulation angesetzt. Der Konsum soll ja reduziert werden. Und je umweltfreundlicher das Produkt ist, umso höher ist die Gewinnspanne. Für Dienstleistungen ist eine Maximalspanne von 100% vorgesehen. Für ökologische Gartenerzeugnisse in kleinen Mengen sind ebenfalls 100% vorgesehen. Und jedes Geschäft wird nun ethisch nach den Menschenrechten bewertet. Danach richtet sich die Gewinnspanne. Ich sagte schon, dass schlechte Geschäfte das ganze Geschäft zunichtemachen. Zur einfacheren Berechnung in den Betrieben kann nun eine Tabelle angelegt werden. Danach kann ein Geschäft ganz schnell bewertet werden. Konventionelle Tierhaltung gibt es nicht mehr. Weil die Gewinnspanne auch -100% ist. Es ist nicht mehr gewünscht, dass Lebewesen Ramschware sind und grausam gehalten werden.

Wie sieht nun deine Bewertung von folgenden Produkten aus?
Laptop
Bleistift
Wasser
Bier
Elektroherd

Ich denke, dass die Versorgung mit den wichtigsten Dingen unserer Zivilisation erhalten bleiben soll. Alles soll in Fülle da sein. Allerdings möchte der Einzelne weniger verbrauchen und alte Sachen wiederverwenden. Das schrieb ich ja schon. Und das ist eine Einstellungssache.

Erziehungsziele und Werte werden diskutiert. Es ist nicht nur der mündige Bürger, sondern der herzliche Bürger, der sich genauso wichtig nimmt wie den anderen. Teilen und Arbeiten wird GROSS GESCHRIEBEN. Davon singt die Seele.

Was sind die Erziehungsziele für dich? Wie willst du dich führen? Was ist dir wichtig? Was sind deine Werte? Deine Werte sind auch deine Ziele. Du machst das, was du als wichtig anstrebst und als wichtig erachtest.

Bitte schreibe Nomen, Verben, Adjektive eines Begriffs hin.

Z.B. Achtsamkeit, achtsam sein, achtsam.

Liebe, lieben, liebevoll.

Ein Begriff kann immer in verschiedenen Ausprägungen da sein. Die Form ist in diesem Fall egal und ergibt sich aus dem Sachverhalt, der Situation und dem Leben und Tun.

Meine Begriffe für Werte:

Dann ist die nächste Frage: Was wollen wir tun? In meinem Dialekt gibt es den Ausdruck: „Wir tun schlafen." Oder: „Wir tun kochen." Das Wort „tun" wird immer zur Verstärkung der Aktion in den Satz eingebaut. Wie im Englischen. Finde ich einen tollen sprachlichen Ausdruck. Denn schließlich ist jedes Leben Tun. Das Leben auf der Erde ist Bewegung der verschiedensten Art. Natürlich auch alles, was wir mit unseren Sinnen wahrnehmen können: sehen, hören, riechen, schmecken, fühlen und spüren. Wir sind da so reich ausgestattet.

Was wollen wir produzieren, was wollen wir tun?

Mit wem mache ich das?

Nächster Tag

Mit Nina schaue ich das Video „Nummer eins“ von Chris Cronauer an. Es gefällt mir sehr gut. Mit so einer Freude und Sehnsucht stelle ich mir eine erfüllende Partnerschaft vor. So eine Partnerschaft wünsche ich mir als Geschenk. Für viele Menschen ist das schon die Realität. Für andere wird es sie noch. Ein Stück Paradies auf Erden. Ein Stück Himmel auf Erden. Ich erinnere mich noch an den meditativen Tanz von der Konfirmation meiner Nichte. Zu meditativer Musik wurde folgender Tanz mit folgendem symbolischen Inhalt zelebriert:

Mit offenen Händen nehme ich die Fülle des Lebens auf. Dinge, auf die ich zurückgreifen kann. Menschen, mit denen ich Zeit verbringen kann. Liebe Menschen, die einfach da sind und mit mir reden und Zeit verbringen. Ich lege die Hände auf meine Brust und integriere dieses Positive in mein Leben. Dann strecke ich die Hände nach oben und danke Gott dafür. Dann nehme ich eine Hand nach der anderen herunter und strecke sie zur Seite. Ich gebe diesen Kontakt weiter. Und letztendlich fassen wir uns zum Schluss des Textes an die Hände und zeigen, dass wir miteinander in Verbindung stehen.

Was ist für mich diese Fülle? Wer sind meine Freunde, Verwandten? Was erfüllt mich in meiner Arbeit? Was tue ich, was mich glücklich macht?

Welche Fragen gibt es für mich noch zu beantworten?

Wie beantworte ich diese Fragen?

Jetzt kann der Erdfaktor konkret berechnet werden. Vom kleinen Geschäft zur Abfrage und zum Anzeigen unseres Lebens auf der Erde. Dann ist unsere Halskette ein wirklicher Goldring. Ein Goldherz der Liebe.

Es grüßt dich herzlich Andrea

Die Autorin

Andrea Rosemarie Arnold, geboren 1973, schrieb ihre Romane ursprünglich für ihre Kinder. Jetzt macht sie sie allen Menschen zugänglich, die sich dafür interessieren.
Bisher stammen aus ihrer Feder die Romane „Plätschern und Walzer", „Sahras Gedankenwelt", die Utopie „Idealia", die autobiografischen Werke „Jetzerla. Frau mit Vergangenheit sucht Mann für die Zukunft" (erschienen auf Deutsch und Englisch) und „Die Gedanken sind frei. Der tote Krimi und lebendiges Wasser" sowie das Theaterstück „Wühlmauspflanze und Augen oder Kohlendioxid und Sommerklamotten" und „Hörkino. Bewegen und Klingen", ein Buch mit CD.